BUR
Rizzoli

Della stessa autrice in BUR
Rizzoli

Moscerine
Il terrazzino dei gerani timidi

Anna Marchesini

Di mercoledì

Rizzoli

ISBN 978-88-17-06314-2

Prima edizione Rizzoli 2012
Prima edizione BUR 2013
Seconda edizione BUR agosto 2016

Seguici su:

Twitter: @BUR_Rizzoli   www.bur.eu   Facebook: /RizzoliLibri

Di mercoledì

I

La strada, un breve tratto secondario e tutto in salita, che le macchine percorrevano a senso unico, si srotolava di fianco alla via principale ad un indirizzo dei quartieri alti, una strada semideserta, priva di negozi, costeggiata invece da una sobria corte di palazzi umbertini perfettamente conservati, nonché da una fitta schiera di graziose villette a due piani sovrastate da tetti ordinati carichi di una profusione di tegole scure puntualmente allineate in dispendioso ossequio a composizioni di maniacali simmetrie, le pareti sapientemente intonacate nei delicati colori pastello, placide ville protette dalle insidie esterne grazie alla guardia di mute di cani – come annunciavano lucidissimi cancelli all'ingresso –, villette gelosamente nascoste alla curiosità, di chi poi?, da filari di alberi del giardino, certi giovani pini dalle chiome rotonde e pettinate, ritti come soldati sull'attenti al cui cospetto qualche malcapitata palma, disgraziatamente adattata a questa latitudine, spesso mal figurava.

Dimore accoglienti ad ogni costo, la cui pretesa di felicità domestica si rivelava tutta nella geometria semplice e lineare delle siepi robuste, nel perimetro regolare dei cespugli ben curati, rasati, irti e folti come pennacchi sui cappelli dei carabinieri.

Una ampia e generosa coltre di cielo, nondimeno, lasciava in ogni stagione che una luce benevola colasse come miele dorato dentro le foglie scure e fittissime a lambire, pietosa, i rami, a fasciare gli arbusti come tenue garza di seta.

La stessa luce poi, come pioggia, andava spargendo macchie di sole sul prato, lucide e viscide splendevano come occhi di serpe spalancati a mirare su in alto, le case, gli animali, le biciclette, le chiome immobili, le foglie di palma, le nuvole opache e poi ancora il cielo.

Una di quelle strade silenziose insomma, battute quasi esclusivamente dal ritmo del viavai di domestici di colore che in certe ore, in processioni cadenzate, si portavano a passo lento fino al marciapiedi e abbandonavano dentro i cassoni verdi delle immondizie i rifiuti del benessere dei loro padroni bianchi, poi mestamente rincasavano tornando sulle loro orme col capo chino, chiusi nelle loro casacche cariche di consuetudine e di bottoni dorati, senza neanche guardarsi intorno.

Uno storico albero di mimosa maestoso e massiccio come un vecchio maniero, sempre verde anche d'inverno, segnava in qualche modo con l'autorità di un monumento l'ingresso a quella strada; una specie di Arco di Trionfo barocco e dalle fronde ingioiellate alla cui ombra vibratile, come un regno fausto di consolazione, riposavano gli uccelli d'estate e che avvolgeva tra le sue robuste braccia, e finiva quasi per nascondere, le ante di un portone di legno proprio all'inizio di quella salita, lasciando emergere in alto soltanto la mattonella di marmo bianco con su inciso il civico del palazzo: il numero uno.

Non appena si annunciava la primavera poi, gli esuberanti rami dell'albero carichi di giubilanti grappoli gialli invadevano coi loro bottoni pelosi la mezzaluna di ferro che decorava il portone d'ingresso e lasciavano filtrare nel piccolo atrio nascosto all'interno, capricciosi bagliori di luce tremula.

Già, perché il grosso portone di legno chiaro e lucido rimaneva sempre chiuso durante le prime ore del pomeriggio; il giovane portiere indiano che viveva nell'angusto sottoscala del palazzo insieme all'incantevole moglie, indiana anch'ella, saliva a togliere il chiavistello alle sedici in punto.

Tutti i giorni a quell'ora, immerso nella penombra, lo si vedeva spalancare il portone, indietreggiava con cautela poi, dopo aver assicurato le ante al muro con un colpo secco che lanciava in aria come un urlo sordo, simile al suono di una minuscola esecuzione, il portiere si fermava un poco sulla soglia, le mani conserte, ad osservare il discreto tramestio che rumoreggiava per la strada. Egli sostava qualche minuto in piedi sopra il gradino di marmo bianco a scrutare l'asfalto grigio fumo, come un timido cane da passo e poi con estrema calma scioglieva le braccia e, tradendo un'aria vagamente rassegnata, andava a sedersi dietro un piccolo tavolo rotondo che spuntava come un fungo al centro di una minuscola guardiola dalle pareti spoglie, senza aria senza finestre e senza alcun ornamento.

Da lì ogni giorno sorvegliava l'ingresso; non appena un avventore attraversava il piccolo atrio che ospitava la gabbia dell'ascensore, egli sporgeva il capo, la sua nuca piccola e rotonda era afflitta da una cascata di capelli corvini liscissimi che colavano sulla fronte e sulle orecchie e che gli conferivano l'aspetto di qualcuno rimasto a lungo sotto un imprevedibile acquazzone; i suoi denti bianchissimi poi spuntavano sotto un curioso paio di baffetti a spazzolino, simili a perle dalle labbra di un'ostrica, da dietro la porta a vetri, che come un acquario separava il suo sorriso dalla fretta degli avventori e dalla noncuranza degli inquilini.

Come tutte le settimane di mercoledì la signorina Else fece il suo ingresso nel palazzo, infilò il portone spalancato che simile a una bocca oceanica parve inghiottirla; quando fu nell'atrio incrociò gli occhi del portiere, immensi e liquidi simili a otri gonfi di educata malinconia, lo vide abbozzare un timido cenno di assenso col capo, sapeva che tutti i mercoledì a quell'ora la signorina Else saliva in ascensore fino al quinto piano.

Il vecchio ascensore che serviva un'unica scala, conservava una autentica foggia antica, seppure portata con una certa disinvoltura; interamente di legno era stato arredato, oltre che da un ampio specchio quadrato, pure da una minuscola panca di legno chiaro e lucido che sopportava con onore tutti i segni usurati del tempo, era un comodo predellino aperto proprio sotto lo specchio, su cui si faceva in tempo a sedere solo durante l'ascesa ai piani alti e solo rinunciando a specchiarsi.

C'era un odore di scuola lì dentro quella piccola scatola, di alcol etilico e di legno, c'era un odore di buono che tuttavia incuteva una vaga soggezione; c'era il tempo di pensare a cosa dire dopo, una volta arrivati lassù, una volta dentro, mentre in balìa di una fune si decollava a bordo di una navicella muta, su per il budello vuoto della tromba delle scale, con un movimento lento lento, finché ad un certo punto si cominciava ad avvertire l'eco di una musica che veleggiava lontano, su in cima ai piani alti, una perdonabile insidia a quegli istanti di silenzio, poteva sembrare, ma poi il suono si irrobustiva man mano che si saliva, diventava forte, aumentava di volume, un frastuono che si faceva assordante su in cima, un fracasso che poteva quasi stordire arrivati all'ultimo piano.

Giunti al pianerottolo dal pavimento di piccole mattonelle pepe e sale infatti, la baraonda molesta e screanzata di un qualche diavolo di apparecchio che berciava ad ogni ora del giorno dalle stanze dell'interno nove, quello a destra dell'ascensore, faceva optare il visitatore arrivato lassù, per l'interno a sinistra invece, sulla cui porta d'ingresso una piccola targa in ottone ovale, con su inciso un esotico cognome spagnolo, finiva per risollevare, o quasi, il tono ahimè scadente di quel pianerottolo all'ultimo piano che una nube di rumori e ronzii avvolgeva perennemente in un unico fitto rombo incessante.

Nell'ora in cui la signorina Else saliva, per giunta, un odore acido di caffè mischiato con l'orzo invadeva interamente il quinto piano, cominciava ad annusarlo già al quarto, alla fine della corsa poi veniva irrimediabilmente pervasa da un odore acre e venefico come di fumo e di bruciato, un cattivo odore che sapeva di stantio, sapeva di casa vecchia, di cucina a gas con la bombola e di vecchie caffettiere incrostate con la guarnizione bruciacchiata e mezza squagliata, sgangherata e slittata ormai fuori dal suo assetto, dal solco circolare, sapeva di una vecchia coppia di vecchi sordi trascurati e inospitali che sorsavano caffè dalle tazze spaiate, al buio di un tinello assordante e ancora non rigovernato e poi rovesciavano i fondi tiepidi sopra gli avanzi di una misera pila di piatti unti, abbandonati a mollo dentro il vecchio lavello di pietra.

Il campanello, quello che spuntava dalla targhetta di ottone, era d'obbligo suonarlo proprio allo scadere dell'ora, in tal modo non si correva il rischio di disturbare la seduta di chi si era già accomodato là dentro.

Al primo appuntamento la signorina Else era arrivata con imbarazzante anticipo, era rimasta fuori dalla porta in attesa, a fissare la targa di ottone per qualche minuto senza risolversi a suonare, in preda al timore che qualcuno potesse sorprenderla in quella indifendibile inconcludenza; era rimasta immobile mentre nell'appartamento alle sue spalle l'intero carnevale rauco andava avanti; simile ad un manto, quei rumori l'avevano avvolta in una specie di nube confusa, in qualche modo se ne era rallegrata come di fosche e bizzarre circostanze che la proteggessero, la offuscassero.

Aveva sì più volte accostato il dito al campanello, ma ogni volta le era mancato il coraggio di suonare, poi di colpo però il rumore tangibile dell'ascensore richiamato a terra l'aveva fatta trasalire, di lì a poco di certo qualcuno sarebbe salito, impossibile intuire a quale piano.

Che doveva fare? Suonare fuori orario e correre il rischio di disturbare oppure fingere di star lì ad aspettare l'ascensore, ma per quanto? e poi? Poi nulla, le scale le erano sembrate l'unica via di fuga, la più tranquilla, così era ridiscesa con calma, appoggiandosi al corrimano di legno lucido, parecchio impolverato, lasciandosi alle spalle un concerto di musica sinfonica per pianoforte archi e ottoni che ormai infuriava senza controllo all'interno nove.

Giunta a terra dovette stropicciarsi le mani appiccicose della polvere dei piani, poi con una smorfia di disappunto era uscita fuori dal portone e si era applicata a sbirciare i citofoni, i suoi occhi blu marino li avevano passati in rassegna uno per uno, con l'aria di doverne trarre chissà quali informazioni indispensabili, poi era risalita con l'ascensore, che nel frattempo qualcuno aveva riportato a terra, ma poiché si trovava ancora in cospicuo anticipo era ridiscesa immediatamente, appena il tempo di soffocare la testa in un drammatico impazzare di archi; senza nemmeno uscire dall'ascensore aveva spinto il bottone con su la lettera T, era uscita a terra poi di nuovo salita e ridiscesa, poi ridecollata e poi toccato terra almeno quattro o cinque volte per perdere tempo; nell'ultimo atterraggio era uscita dal gabbiotto e simulando una ricercata disinvoltura si era servita dell'ascensore come fosse arrivata in quel momento. Tutto questo armeggiare aveva fortemente insospettito il giovane portiere, cosicché la signorina Else se lo era trovato davanti, lui l'aveva guardata con quegli occhi umidi, accesi da un modesto languore bovino e l'aveva fulminata attraverso i capelli color catrame che pareva gli gocciolassero sulla fronte, ella aveva scorto nel suo sguardo qualcosa di indefinibile, qualcosa che rifletteva, temette, la sua insensata animazione che, seppure invano, aveva tentato convulsamente di smaltire.

Così la signorina Else aveva abbozzato una smorfia conciliante, una specie – le parve – di sorriso da poeta taoista, per rassicurarlo, lui straniero e perché no, verosimilmente anche involuto, che dopotutto lei non era appena stata dimessa da un ricovero coatto, che anzi non ne aveva mai subìto uno, non ve ne era mai stata ma neanche la più esigua necessità.

Lui le aveva domandato declinando un fantasioso italiano, tuttavia con un tono non poco brusco e carico di risentito spazientimento occidentale, insomma dove diavolo dovesse andare.

«Dalla dottoressa al quinto piano» gli aveva risposto perentoria la signorina Else; in cuor suo si era pure compiaciuta di trionfare su di un subalterno in un modo così urbano, tuttavia, negli occhi dell'indiano aveva inesorabilmente scorto pur nello spazio di un breve sguardo, come in uno scatto fotografico, l'immagine nitida e implacabile della sua pallida glorietta.

Si era alla fine involata dentro l'ascensore, sfuggendo

all'irrisolto imbarazzo, immolandosi alla scia dell'odore del caffè mischiato con l'orzo, della musica sinfonica, dei vecchi sordi, dei piatti sporchi, degli avanzi galleggianti essudanti ormai acri sentori di sfacelo, della brutta figura col portiere che l'aveva costretta a rivedere perfino il caro vecchio pregiudizio sugli indiani, miti spirituali e anaggressivi e di tutto il resto di quel luogo e di quel pomeriggio che oramai mulinellava nella sua testa insieme alle parole che di lì a poco avrebbe dovuto pronunciare, tutto il piccolo dramma della sua inquietudine, tutto, tutto si mescolava dentro una confusione irregolare, faticosa eppure inesorabilmente inevitabile.

Quando finalmente l'ascensore partì, la signorina Else inspirò di colpo ad occhi chiusi come se uscisse da una lunga apnea; seppure confusamente, le pareva che tutto si fosse in qualche modo coagulato, rassodato in qualcosa di sgradevole, qualcosa di appiccicoso come macilento muco dal naso.

Una provvidenziale insidia, come una sorta di ronzio impertinente, attentò a quel silenzio e la richiamò a sé. Una specie comune di calabrone grasso e peloso dalle spesse ali verde oro aveva preso a sbattere con insistenza contro lo specchio quadrato, un volo corto e ottuso che cercava l'uscita nello spazio ingannevole di luce riflessa, oppure doveva sembrare a quel mostriciattolo di essere entrato in collisione con un altro esemplare, un rivale identico a sé, che sferrava il suo attacco micidiale nel medesimo istante in cui esso stesso lo caricava.

La signorina Else in piedi nel cunicolo di legno si intravide di colpo dentro quello specchio, con il fuoco dello sguardo fisso sull'insetto stizzito, era apparsa a se stessa come un'estranea; quel viso minuto e opaco – certo lo specchio doveva essere antico – le aveva dato l'impressione vivida che fosse di qualcuno alle sue spalle, una donna che stava osservando lei che guardava il calabrone invasato mentre quello lottava contro lo specchio.

E allora lei dov'era?

Possibile che quello sguardo severo e scontento che aveva incrociato dentro lo specchio fosse destinato a lei?

"Dove sono?" si disse e per un attimo le parve di trovarsi in una terra di confine, uno spazio confuso tra la vita e la morte una sorta di terra di nessuno lontanissima e senza voci, dove le domestiche geometrie del tempo sembrano astenersi, in assenza di qualunque ordinamento, di qualunque mutamento.

Le era capitato altre volte di smarrirsi, di perdere seppure per qualche istante la percezione di sé, delle cose intorno, della loro consistenza, uno strappo alla trama fitta degli istanti inesorabili dell'esistenza, si trattava di uno di quei passaggi in ombra, come fulminei inverni del tutto inattesi, attimi in cui ella si sentiva cancellare dal resto delle cose, poteva solo assistervi, non era in grado di farci nulla, anche ora ora era accaduto, si era pericolosamente distratta.

Avvertì il bisogno irrefrenabile di sbadigliare, serrò le labbra per reprimerne l'impulso, ebbe come un brivido prese un fazzoletto dalla tasca si soffiò il naso ripeté una serie di gesti inutili al solo scopo di ritrovare un contatto reale si ravviò i capelli scosse più volte il capo si accostò una mano al petto finché avvertì il sangue che pulsava meno vigoroso dentro una vena del collo. "Ecco" si disse, "le cose stanno tornando al loro posto", la vita lentamente cominciava a riprendere le sue proporzioni normali.

Così ella scosse da sé gli attimi presenti come minuscole gocce d'acqua in bollore e si ancorò di nuovo allo specchio; in quello un crescendo di violini emergendo come un fiume in piena, cominciò a tracimare impetuoso lungo la tromba delle scale, irruppe nelle sue orecchie, con grande fatica cercò, anche solo per un momento, di concentrarsi su di sé. Era suo quel viso? Era lei quella donna dentro lo specchio che ora rifletteva la vecchia grata della porta dell'ascensore? Dovette faticare la signorina Else per ricongiungere l'immagine che le stava di fronte alla persona che in quel preciso istante stava salendo dalla dottoressa al quinto piano; le pareva che non combaciassero per nulla, si sentiva affaticata come per le conseguenze di un compito difficile, qualcosa aveva incautamente rotto gli argini e ora dopo tutta quella concentrazione si sentiva confusa, confusa e ancora più frastornata.

Già, con molta probabilità era quell'appuntamento che la metteva in difficoltà, tuttavia ella sapeva benissimo che a quell'appuntamento si recava proprio perché, specie negli ultimi anni, si trovava in seria difficoltà.

Di colpo la donna dello specchio sventagliò un braccio, la mano balenò fulminea contro l'insetto che continuava a ronzare; una specie di trombetta petulante e persistente che l'aveva indispettita, il calabrone abbandonò lo specchio contro cui aveva continuato a picchiare e si fermò per qualche istante sospeso in aria senza fiatare; in quello la musica si arrestò di colpo, il gesto brusco della mano parve a quel punto responsabile di aver rotto quella specie di incantesimo dentro il quale ciascuno sembrava ripetere se stesso senza sosta e finalmente anche ella poté ricondurre sé a se stessa attribuendosi la domestica ripugnanza al contatto repellente col calabrone che intanto aveva preso bellamente ad eccitarsi contro la sua mano, come se l'avesse scambiata per il nemico nuovo, per il nemico vero.

Un tonfo rumoroso segnò l'atterraggio brusco di fine corsa, la porta dell'ascensore vomitò fuori uno dietro l'altro il piccolo equipaggio di umanità varia, il calabrone se la svignò per primo, infilò l'uscita zigzagando all'impazzata sfiorò la nuca della signorina Else mentre con una certa perizia adempiva alle operazioni di sbarco accompagnata dalle note finali di un vigoroso crescendo d'orchestra che raggiunse il suo excelsis esattamente nel momento in cui la porta dell'interno dieci, quella con il cognome spagnolo sulla targhetta, si aprì sull'espressione di affannato sconcerto stampata sul volto della signorina Else, sopra il cui timido e frastornato sorriso calò trionfale il silenzio.

Un piccolo vaso di ciclamini fioriti poggiato sul piano disadorno di un elettrodomestico in disuso, presumibilmente una lavatrice – possibile? – fu la prima immagine distinta che ella scorse quando finalmente si affacciò all'ingresso dello studio medico allo scoccare esatto dell'ora.

La dottoressa che in persona aveva aperto la porta le si era manifestata per la prima volta, vide apparire la sua figura in controluce; una vecchia finestra ampia e luminosissima infatti, si apriva sulla parete alle sue spalle, come in un quadro incorniciava il vaso di ciclamini e pareva scontornare dentro un cerchio di luce fulgida la sua modesta figura.

Era una donna piuttosto piccola di statura, quella che apparve sulla soglia, i capelli grigi molto corti si spettinavano in un taglio maschile assai irregolare che scopriva due piccole orecchie pallide e rotonde ai cui lobi faceva timida mostra di sé un improprio paio di orecchini di perla opaca.

Nessun convenevole, nessun sorriso sprecato; dopo che la signorina Else si fu presentata, lo fece col gesto educato di una scolaretta, a voce bassa e con un tono dimesso, la dottoressa la contemplò a lungo, con una sorta di sublime serenità affidata allo sguardo di un paio di occhi grigi che ella teneva quasi socchiusi, dopodiché, con un gesto consapevole che non fondava in quel momento che il preambolo della sua accoglienza, infilò la sua piccola mano nella mano di quella giovane sconosciuta e «Benvenuta» le disse accompagnando il saluto con un gesto del capo che reclinò all'indietro con una sorta di gradevole abbandono.

"Ecco è lei" pensò la signorina Else guardandola, mentre una convincente stretta di mano si consumava ancora sulla soglia. Un leggero ticchettio parve rompere il silenzio; qualcosa picchiava contro i vetri della finestra; era un lungo filaccio di edera sfuggito all'abbraccio col muro, che il vento frustava e faceva tintinnare dall'alto a ritmo di brevi folate.

Ebbe la sensazione che la dottoressa non solo la stesse aspettando, ma che in qualche modo l'avesse riconosciuta; se ne sentì sensibilmente incoraggiata, almeno così le parve.

Allorché la porta fu richiusa alle sue spalle, Else si ritrovò a seguire il passo corto della dottoressa che faceva strada lungo il corridoio; una gonna di lana color castagna che scendeva fin sotto il ginocchio le lasciava scoperte due caviglie robuste e polpacci tozzi per niente affusolati, tuttavia quel passo che muoveva in uno spazio abituale, parve alla signorina Else un passo così vivacemente anticonvenzionale che conferiva curiosamente a quella piccola figura un tono assai poco conforme all'età della dottoressa, già, a dire il vero, piuttosto avanti negli anni.

Il lungo corridoio che separava l'ingresso dal suo studio, si offriva via via ad una penombra diffusa che pareva condensarsi agli angoli, accucciata dentro il volume degli innumerevoli oggetti addossati al muro in modo disordinato e del tutto casuale, piccoli mobili, una cassapanca del colore delle foglie dell'ulivo carica di libri, vecchie riviste specializzate, una piccola slitta, un paio di portaombrelli, sedie, vasi ninnoli polvere e fiori secchi.

Quando furono giunte in prossimità della porta dello studio, la dottoressa si arrestò poi si voltò verso la nuova arrivata indietreggiando di un passo; nel fare questo andò ad urtare con le gambe contro un fascio di eriche essiccate che protendevano i rami sottili come braccia ischeletrite, da un'ampia cesta di vimini appoggiata a terra in un angolo, una minuscola fluorescenza disidratata e incolore si sbriciolò immediatamente e si sparse a terra in una timidissima pioggia di polvere volatile. Doveva essere, quell'angolo, un punto critico per i polpacci della dottoressa, la cascatella di fiori secchi che giaceva accumulata a terra infatti, dimostrava che quella sosta, proprio in quel punto, si rivelava ogni volta fatale nella circostanza del breve, cortese cerimoniale che favoriva ad ogni ora l'ingresso in studio di un nuovo paziente.

La stanza in cui la dottoressa riceveva era la seconda che si incontrava appena girato l'angolo del corridoio che proseguiva ad L per altrettanta lunghezza; la prima corrispondeva ad un'ariosa ed accogliente sala d'aspetto. La signorina Else notò che lungo il corridoio vi erano altre porte, tutte di legno, di una vaga tinta biancastra, intarsiate in modo molto semplice e piuttosto malconce, tuttavia l'unica di cui intuì cosa nascondesse era una porta chiusa in fondo al corridoio; nell'attimo in cui aveva varcato la soglia dietro la dottoressa, aveva fatto in tempo a sbirciarne la maniglia, un piccolo cilindretto di porcellana sottile con una cromatura dorata che le aveva fatto venire in mente immediatamente la maniglia bianca della stanza da letto della sua vecchia nonna.

Era rimasta muta durante tutta la seduta, poco meno di un'ora, cinquanta minuti esatti aveva controllato.

Muta; non era riuscita a dire nulla, all'inizio, quando si era seduta, perché cercava le parole, parole giuste per cominciare, per rompere quel silenzio cortese e fiducioso, quell'attesa senza giudizio, implicito invito alla calma e alla confidenza; le erano mancate del tutto le parole o meglio nessuna si era fatta strada in mezzo a tutte quelle probabili che si erano affollate, non le erano accorse alla memoria le parole adatte; e quanto aveva pensato a quel primo incontro, al tragico orrore di trovarsi di fronte un'estranea e, tuttavia proprio a quella sconosciuta, provare a mettere in mano la propria esistenza, che la tenesse per un po', una cinquantina di minuti all'incirca, del resto, era ineccepibile, proprio quello era il mestiere della dottoressa.

Così le ripetevano da troppo tempo, che aveva bisogno del dottore, aveva bisogno di essere aiutata a guardarla in faccia la sua vita, a guardare le cose come stavano davvero, e quello avrebbe dovuto mettersi a fare lì dentro, lì dentro quello si faceva, guardare la vita certo, ma la vita sottile profonda dietro la crosta delle apparenze, la vita invisibile quella di cui non si era accorta, eppure era proprio quella che contava, quella, che lei viveva, che la corrodeva, che la muoveva a sua insaputa. Si sarebbe accorta allora, ma di cosa? cosa, la vita? Ma tutto tutto anche la morte si poteva vedere, anche le morti di tutti i giorni e anche le paure, i sogni le avevano detto, lì si potevano raccontare, da quelli si riuscivano a capire tante cose, i ricordi anche doveva raccontare, e i segreti i pensieri nascosti e le voci, tutto lì dentro i rancori i rimpianti i vizi, tutto tutto per lo stesso prezzo.

Scaduto il tempo poi, lei si sarebbe alzata avrebbe rimesso il cappotto avrebbe lasciato i soldi pattuiti sulla scrivania, si sarebbero riviste ancora, forse la settimana successiva, alla stessa ora.

Macché, niente invece, muta. Da subito aveva nutrito feroce una sensazione, piuttosto la angosciosa convinzione che lei avrebbe avuto bisogno di tempo, di molto molto tempo per riuscire a dire, per raccontare di sé, e come poi, che dire? Aveva, quello sì, da tempo preparato una specie di pallido discorso, che poi non doveva essere altro che il resoconto del perché si trovasse lì e di cosa fosse che non andava, che non andava, a cominciare... figuriamoci poi se avesse dovuto cominciare da capo!

Non era capace di muoversi lei dentro quella geografia del buio in cui si sentiva spinta, senza contare che quando si trattava di parlare di sé, per la verità non le capitava molto spesso, si rimproverava forse con troppa crudezza l'abitudine che aveva di perdersi sempre in particolari inutili.

Temeva di non potercela fare a doversi riassumere, a tenersi tutta dentro i margini.

Tutto ciò che col tempo aveva cominciato ad allontanarsi dalla sua mente vi si ripresentò ora repentinamente e vi aleggiò presente e vividissimo.

Ecco ancora, si era sentita di nuovo incalzata, qualcuno alle sue spalle batteva impaziente le mani e le ordinava di fare in fretta, di sbrigarsi, era accaduto davvero, era qualcosa che ella sentiva in modo così imperioso, come un comandamento che aveva dovuto imparare, qualcosa di precoce che era sopraggiunto a scolorire gran parte della sua vita, un ordine una commissione antica e definitiva un messaggio accorato insufflato dalla voce delle fate al capezzale della sua culla, vivi cara ma senza dare fastidio, senza chiedere troppo, campa senza farti accorgere; una ingiunzione severa come una maledizione insomma, a non occupare troppo spazio a non dare occasioni di disturbo, per carità a non fare rumore.

Questa sensazione, consumata come un paio di scarpe vecchie, di non potersi permettere di esistere, la mordeva fin quasi alle lacrime, come spiegare ora, non sarebbe stata in grado di risolversi e poi non così in fretta, così in fretta.

Si sentì a disagio, inadeguata e mal vestita, lei stessa si era cacciata in quella situazione strana; eccentrico doloroso malinteso pensò, e volse il capo fuori dalla finestra alla sua sinistra, riuscire a trasformare una condizione in cui ella poteva permettersi di chiedere e di riavere, in una in cui invece si sentiva costretta a dover fare bene, fare bene la parte della paziente.

Guardò fuori, nel cielo nubi leggere correvano sui tetti, nubi erranti indifferenti di certo al suo cumulo di lucide percezioni – pensò – e poi si trovò quasi costretta ad abbassare lo sguardo, qualcosa o qualcuno aveva attirato la sua attenzione, era rimasta assorta di fronte allo spettacolo curioso di un ineffabile signore in mutande e canottiera bianche che si produceva in esuberanti esercizi di ginnastica, al centro di un terrazzo condominiale, un ampio quadrilatero che fungeva da tetto ad un massiccio palazzo bianco, dall'architettura moderna piuttosto scarna.

Quella figurina così anomala che si dimenava compiaciuta ondeggiando amenamente il bacino e appizzando le natiche vivide, del tutto compresa in una sorta di rozza danza di estrazione condominiale, assunse sullo sfondo azzurro che si scopriva, laddove le nuvole si divaricavano, i contorni di un'immagine così ridicola, a tratti oscena e l'aspetto di una figura caricaturale e grottesca fin quasi al comico.

Quella scena singolare, che si consumava dietro il vetro con l'esuberanza decorativa del suo atleta primitivo, sembrò alla signorina Else lo sberleffo involontario, la pantomima sguaiata della farsa muta incresciosa e solitaria che ella stessa stava mimando al contrario, seduta, annegata al chiuso di quella stanza, un piccolo quadrilatero che un corteo di nuvole bianche aveva lasciato ora dentro una penombra limpida e diffusa.

Chissà – pensò – forse anche quell'uomo laggiù osservava lei dietro quel vetro, avrebbe intravisto una figura immobile e liquida, dai contorni sfumati, muta e attonita inerte e sbiadita come un mollusco in formalina.

Erano trascorsi parecchi minuti dall'inizio della seduta, la signorina Else sentì all'improvviso salire in volto la vampa di un imbarazzo cocente, di colpo invadere da un rossore che incendiava le guance; la dottoressa la stava osservando, ecco sentiva lo sguardo di lei scorrere sulla sua pelle come una mosca che ci strisciasse sopra.

Incrociò allora quello sguardo, suo malgrado notò che gli occhi della dottoressa acuti e intelligentissimi tradivano una sorta di strano spirito beffardo che doveva aver fatto parte della sua avventurosa giovinezza e che tuttavia era sopravvissuto forse a facoltà e passioni nel corso del tempo.

"Che ci faccio io qui dentro" si domandò abbandonandosi ad un semplice stato di paralizzante malinconia; trovava tutto quello penoso e indicibilmente triste! Si guardò intorno le sembrava che quella stanza così estranea, così inospitale racchiudesse in quel momento, come in un cerchio, tutta l'architettura spettrale della sua esistenza, come fuori, nel corridoio, quella cesta in un angolo, gli steli esangui del fascio grigio delle eriche essiccate.

«Non...» le era sfuggito un lamento esile e spezzato, quasi un pigolio querulo acutissimo, aveva subito interrotto un'aria buffa infantile, sul volto come la richiesta urgente e ineludibile di un peccatore sul letto di morte, quella del perdono; per favore, che le si perdonasse almeno quell'incolpevole scena muta.

Aveva assunto l'aria di una postulante, sembrava implorare, raccomandarsi che nessuno toccasse la sua vita nessuno si divertisse a guastarla, come un bambino che scongiurasse chiunque di non calpestare il castello di sabbia che ha costruito. Tuttavia non riusciva a negare la sensazione che si trovasse a difendere qualcosa che nessuno si sognava di prendere in considerazione tanto era brutta tanto era deforme tanto era ridicola la sua richiesta, il suo castello le sue mani che, le pareva di sentire ora, avevano rappattumato un accrocco di terra e di sassi di cielo e di rimpianti che non stava neanche in piedi.

La dottoressa l'aveva guardata con una dolcezza naturale, aveva anche risposto qualcosa per certo, perché la signorina Else aveva notato che parlava con una gradevolissima erre moscia la quale sembrava nascondere una remota origine francese (il cognome spagnolo doveva appartenere al marito); tuttavia era stata quella sua paziente e avvezza disponibilità, di mestiere si era detta, a mettere la signorina Else ancor più nell'ambascia.

Era sempre stata così, era tipica sua, la riconosceva quella lesiva capacità di avvertire come inafferrabile proprio chi invece aveva più vicino, intorno a sé, irraggiungibile e inutilizzabile ciò che pure si trovava a portata della sua mano.

Era una specie di talento che aveva pazientemente coltivato nell'esercizio improbo di considerarsi orfana della persona che le stava accanto, così si era sempre sentita, una specie di orfana bianca, forse da quando molto piccola sua madre si era ammalata ed era rimasta tanto a lungo in un letto nella camera della nonna. Piano piano si era allontanata dal resto della famiglia e anche da lei, la nonna se l'era ripresa con sé nella sua stanza da letto che molto presto era diventata una casa tutta a sé nella casa di famiglia, la mamma era tornata ad essere figlia e lei?

Lei se l'era sentita strappare di dosso la mamma ed era stata costretta a sorvegliare la sua muta progressiva assenza; delicatamente la vita si spegneva in lei scivolava via dai suoi abbracci lontanissimi e dalla sua voce lasciandola inerte e bellissima.

Osservava a lungo la nonna mentre pettinava i capelli della mamma con la spazzola; la mamma sembrava sognasse, lei le rimaneva accanto senza poterla toccare, senza poterle parlare, anche se aveva gli occhi aperti la mamma non rispondeva mai forse non poteva sentire, chissà questo non lo aveva mai capito, si era sforzata però di non disturbarla, di fare finta che non ci fosse, per non scomodarla, anche quando le era accanto e aveva tanto bisogno di lei; aveva imparato a farla scomparire o meglio a guardarla attraverso il vetro della teca di divieti e di precauzioni dentro la quale era stata sepolta la mamma, dentro la bara di vetro in cui quando era ancora molto piccola aveva immaginato l'avessero distesa le fate.

Così aveva allevato la sua anima, una specie di creatura che si muoveva dentro di lei come un uccello orfano, la sua anima, le pareva, era un uccello appollaiato in disparte su un albero solitario.

Così, ma non da sempre, la vita le era apparsa piuttosto come l'eco di una musica, il vociare di gente in festa che giungeva alle sue finestre dall'altra parte della strada; a quella distanza quel frastuono assumeva per lei un che di nostalgico, qualcosa di misterioso.

Com'era stata possibile una cosa simile?

Cos'era accaduto? Era stato come se ad un certo punto qualcosa fosse appassito nel cielo.

Era un suo punto debole, quando le capitava di pensarci, si rendeva conto che non era cambiato nulla, erano solo le apparenze che si erano ingentilite.

Guardò fuori la finestra, si sentiva soffocare adesso; ancora quel senso di solitudine, quella sensazione di impotenza, di incapacità antica di afferrare il bene prezioso.

Fuori il cielo si muoveva, nuvole dense catturavano un raggio di sole nella loro coltre di oscurità, così delicato così prezioso – pensò – nascosto nella frescura, il raggio che cercava era sempre dietro il vetro.

Per molti anni aveva trascorso le vacanze estive con i nonni... Perché ora ricordava questo?

Ecco – si trovò a pensare – di nuovo quella sua rovinosa abitudine a perdersi in particolari inutili.

«A cosa sta pensando?» il volto pacifico della dottoressa la osservava; disponibile e calma, volse uno sguardo sereno sulla consistente vaghezza di lei, il bagliore dei suoi piccoli occhi grigi pareva attraversare con facilità il breve spazio che le separava e che la signorina Else si era fino ad ora rifiutata di colmare.

A cosa pensava? Era piena di pensieri lei, tuttavia non riusciva a fermarne uno di preciso, era una di quelle persone le cui menti riservate intrappolano i propri pensieri dentro nuvole di silenzio.

Era piena di pensieri eppure in quell'istante non era in grado di arrestarli, immersi com'erano in quella loro perpetua oscurità dove ogni cosa era coperta da una patina umida e granulosa satura di un odore quasi piacevole. Era piena di pensieri eppure ora non era in grado di arrestarli perché nella loro fuga essi tenevano ora il passo del rimpianto.

Il suono rotondo di una campana irruppe con una sorta di candore domestico dentro quel silenzio di attesa; doveva esserci una chiesa lì vicino – pensò – il vento trascinava un inspiegabile scampanio festoso.

Le piaceva indicibilmente il suono delle campane;

da bambina aveva veduto un campanaro volare mentre suonava l'*Angelus* attaccato alla corda del campanile della parrocchia.

Era stato un giorno felice quello, le avevano comprato un paio di sandali nuovi, con le strisce dorate e, quel giorno, lei aveva deciso che da grande sarebbe diventata un campanaro, si sarebbe lasciata cullare tutti i giorni dalle campane attaccata alle corde come in una fiabesca altalena scagliata contro l'azzurro.

C'erano stati giorni felici, giorni felici in cui la vita si lasciava vivere senza la necessità amara di giustificarne l'accaduto, giorni in cui le ore si susseguono lineari, tacite senza pretesa, uguali alle ore degli altri, vita simile alle vite degli altri, senza segreti oscuri.

C'era stato un tempo pieno di grazia e di abbondanza; una lunga soave primavera priva di asperità aveva illuminato il suo paesaggio ameno, disegnato un breve orizzonte radioso su cui era stato facile camminare; giorni di festa le erano sembrati quelli a distanza di tempo, allineati tutti dentro un calendario domestico e puntuale scandito dalla regolare alternanza dei giorni di scuola e dei giorni di festa, del bucato alle fontane del sabato, del bagno caldo nella vasca la domenica, prima della messa e poi delle paste che sceglieva sempre il babbo e poi il giorno della grande spesa, il giovedì pomeriggio al mercato comunale.

C'erano stati giorni immensamente felici, lei li avrebbe rivoluti indietro.

Certe mattinate d'estate al risveglio, la mamma annunciava «Oggi pranzo sul lago!». Non aveva mai potuto dimenticare il profumo del cestino delle vettovaglie quando scopriva i suoi tesori fragranti allorché la mamma lo apriva e lasciava che uscissero aromi preziosi come gioielli da uno scrigno.

All'imbrunire poi, col nonno andava allo stagno a osservare le rane, a quell'ora lo stagno era immerso dentro una ricca penombra rotta soltanto da radi e spessi balenii; restavano tutti e due in silenzio sdraiati sull'erba in attesa uno accanto all'altra faccia a faccia con i musetti preistorici delle lucertole che guizzavano curiose tra le pietre ancora calde; alla luce soffusa del crepuscolo, d'un tratto accadeva che le rane cambiassero di colore come per incanto, il verde cupo dei loro piccoli corpi si mutava in un verde brillante, si accendeva come una iridescenza luminosa che trasformava lo stagno in una sorta di notturno acquatico incendiato da uno sciame di stelle. Non era un'illusione, ma un effetto magico delle rane, le aveva rivelato una volta il nonno in segreto e lo aveva fatto con il tono carezzevole e incerto della goffa bonomia che andava acquistando nella vecchiaia.

In quegli stessi istanti poi, mentre era ancora sdraiata sull'erba, una volta aveva udito un fagiano chiocciare nel fosso e poi l'aveva visto alzarsi in volo dietro una siepe oltre lo stagno, librando nell'aria umida, come una nuvola dentro il tramonto, uno sprazzo trasparente di porpora e oro.

In quel momento aveva avuto la profonda sensazione, la percezione esclusiva che il tessuto intero della sua vita quotidiana, l'ordito della sua esistenza fosse magico, magico.

Era l'ora di tornare a casa, suo padre e sua madre l'avevano raggiunta allo stagno, le andavano incontro allacciati in un abbraccio solido e tenerissimo dentro il quale sembravano rimanere anche quando si separavano; da sempre le apparivano così intimamente uniti, così solidali nella vita da dover soltanto galleggiare fianco a fianco lungo la corrente. Loro erano esseri simili, camminavano nella stessa direzione con lo stesso passo.

Tutte le loro parole, i loro gesti era come se passassero attraverso una sottile nebbiolina d'oro prima di cadere nella prosaica luce della quotidianità.

Amore li teneva insieme. Ecco avevano allargato le loro braccia, la mamma si era sistemata una primula tra i capelli, le avevano sorriso per invitarla a scivolare dentro quell'abbraccio; stava scendendo la sera, i lampioni del piccolo chiosco sul lago si erano accesi di colpo tutti insieme, una piccola pattuglia di farfalle azzurre si mise in moto immediatamente. Ecco tutto era come doveva essere – le era venuto di pensare – e quando finalmente si era unita ai suoi genitori e aveva ceduto al loro abbraccio aveva provato una sensazione di immensità e di pace come se qualcosa fosse stato consumato, ma non finito, non ancora esaurito.

Era un quadro seducente, animato come un alveare e caldo, caldo come una stufa.

Amore li teneva insieme, amore forza, amore sicurezza, allegria e pace, e lei si sentiva appieno dentro quel cerchio mistico, era questo sopra ogni cosa a far risaltare infine quell'ora, a rendere così consistente, così pieno il suo senso del tutto.

Lo sapeva anche allora lei di essere fortunata, la sua famiglia le piaceva, le piaceva la sua casa piena di ninnoli colorati, la cucina immensa con i fuochi al centro e poi l'odore della sua stanza carica di tende colorate cuscini a forma di fiore e con su ricamato il muso degli animali con i baffi di pelliccia e le fotografie le bambole, piccole scatole di cui faceva collezione, i libri illustrati che le leggeva la mamma, palloncini colorati bottigliette per le bolle di sapone e poi, e soprattutto, la sua fisarmonica bianca e nera, quella gliel'aveva regalata il nonno e ogni giorno di pomeriggio le stava pure insegnando a suonarla.

Era la sua stanza tutta per sé, quando rimaneva sola si rifugiava nel suo mondo tanto carico di richiami.

A lei sarebbe stato sufficiente fermare le cose così, che restassero per sempre come erano, in quello che le sembrava un paradiso dove semplicemente le essenze esistevano nella loro purità più genuina; la nuda anima delle cose si imprimeva tuttora nella memoria offesa dei suoi nervi scoperti.

C'erano stati anni migliori, quando la felicità era ancora possibile e così viva in lei la sensazione misteriosa di uno stato di cose importante e inspiegabile che il tempo a poco a poco le avrebbe rivelato; quegli anni erano finiti, era accaduto tutto all'improvviso, come un cuneo la vita tragica si era infilata con energia dentro le mura della sua casa, con artiglio come di tigre, il dolore con la sua pretesa di infelicità le era piombato addosso e come una nevralgia che penetra nel sonno non era più passato non se n'era più andato.

Gli anni migliori erano finiti, lei li avrebbe rivoluti indietro; era là che avrebbe voluto stare, là voleva rimanere per sempre, ancora, perché era accaduto a lei? aveva la sensazione che troppe cose fossero avvenute contemporaneamente; era il giorno del bucato ma i fili tesi dietro la casa tra gli alberi erano rimasti nudi, vibravano al vento facendo tintinnare le mollette di legno appese ciondoloni.

Niente bucato, nessun rumore, nel pomeriggio si era alzato un vento feroce che faceva veleggiare nell'aria le foglie marce del giardino, le flagellava, poi ricadevano a terra sculettando, faceva un gran freddo, era venuto il dottore dalla capitale, per ore era rimasto chiuso nella camera della mamma, nessuno le aveva spiegato, le aveva detto nulla, era stata immobile per ore ad aspettare dietro la finestra, aveva seguito il volo turbinoso dei corvi che lasciavano cadere qua e là nell'aria livida piccole piume dai riflessi d'acciaio, c'era un'atmosfera irreale, responsabile di un disagio che lei ancora non conosceva e che aveva nome presentimento, non si era resa conto come, era entrata in uno stato quasi febbrile, non sapeva che cosa dovesse aspettarsi, solo un presagio sinistro prometteva qualcosa di cupo e di solenne al contempo però, si era sentita così disperatamente fragile, per la prima volta la paura insidiava la sua coscienza illibata, corrompeva i suoi nervi di garza e di filo di ferro.

Quando poi la pioggia d'inverno cominciò a frustare i vetri, la prima nebbia fitta parve ingiallire l'aria, una coppia di corvi che sopra il suo capo gracchiavano la loro rauca risata le parve dessero come l'annuncio osceno e solenne di un avvento: l'irruzione dell'irreparabile.

«È spacciata» fu l'unica parola che sentì in bocca al dottore che si era portato sulla soglia; il vento con irruenza teneva spalancata la porta scaraventando dentro l'ingresso polvere, piccole foglie accartocciate, persino curiosamente la carogna disidratata di un piccolo rospo grigiastro, conciato forse dalle ruote delle automobili di passaggio; dopo un breve volo, come una calamita era andato a spiaccicarsi sull'orlo dei pantaloni del dottore e vi rimaneva avvinghiato nonostante quelli sventagliassero sferzando l'aria come bandiere schiaffeggiate.

Si era fatto buio, solo il passaggio di qualche automobile con i fari accesi rendeva visibile da lontano la strada, oltre lo sfondo degli alberi neri e spogli in fila come spettri in placida attesa.

Il dottore, visibilmente stanco, si stava congedando da suo padre, il babbo aveva gli occhi rossi e bisbigliava a testa bassa, scuotendo il capo proprio vicino alla bocca del dottore. Cosa dicevano? si trattava di qualcosa di grave di certo, lei non sentiva nulla, nulla tranne il vento. «È spacciata» il babbo aveva l'aria di supplicare ancora una domanda, il suo volto aveva perso l'aspetto sereno, il profilo radioso a cui lei era abituata e che aveva imparato ad amare; il dottore aveva risposto posando una mano sulla sua spalla divenuta d'improvviso curva; parlò, disse ancora altro ma il vento sparpagliò le parole che salirono turbinando come falchi selvaggi sempre più in alto sempre più lontano finché si infransero e ricaddero a terra in una fuga indimenticabile di sillabe e di silenzi. Else rientrò nella sua stanza.

Stava piovendo con forza, suo padre si era offerto di accompagnare con l'ombrello il dottore alla macchina, anche se era a pochi passi, l'aveva parcheggiata sul viottolo di ghiaia dentro il cancello. Pochi istanti e si udì il tonfo dello sportello che si chiudeva, poi la luce giallina dei fari accesi trapassò come un fulmine la casa che già era seduta in fondo al buio; ecco il babbo rientrava, sulla soglia chiuse l'ombrello e fu come se avesse chiuso il suo dolore dentro il parapioggia, con un'aria indicibilmente malinconica lo trascinò dietro di sé come un segugio riottoso al guinzaglio e con quello oltrepassò la porta della camera da letto.

La dottoressa si era alzata e si era avvicinata alla finestra, aveva socchiuso le imposte, appena un filo e le stava anche parlando, era una domanda, qualcosa che aveva a che fare con le sigarette, voleva sapere se le avrebbe dato fastidio il fumo, se avrebbe potuto accendere una sigaretta.

La signorina Else si era sentita sopraffatta da una sorta di ieratico stupore, perché la domanda della dottoressa così semplice così inoffensiva era piombata di colpo nel cuore della sua notte che quella modesta irruzione pareva avesse reso infinita; come potevano coesistere l'oscurità che l'aveva avvolta, la richiesta cortese di una signora sconosciuta che in quel momento la ospitava, accoglieva lei, i suoi pensieri, i suoi tenebrosi circoli sotterranei e nondimeno il suo ostinato silenzio.

Abbozzò in ogni caso un lieve cenno di assenso col capo, non ricordava neanche perché, non la riguardava, eppure tutto quello non aveva maggiore consistenza di ciò che la sua memoria aveva reso attuale e il suo io profondo aveva congelato e conservava dentro un tempo illogico ed eterno.

Dove cominciava il presente?

Quella notte la sua vita si era spezzata; all'alba il vento aveva cessato di flagellare le imposte di legno, di ululare dentro il camino, in quella notte lei era stata cacciata dal suo minuscolo eden, era precipitata di colpo, non si era incamminata piano piano, era stato come perdere la vista all'improvviso, come se il cielo si fosse spento, come se la sua professione di gioia non fosse stata più vera, vera poi lo era stata eccome, solo che tutto era poi fuggito troppo lontano, ma di colpo, la sua bella vita l'aveva perduta smarrita come una bestia che si fosse divincolata dalla corda, da lei; nell'innocenza della sua esistenza senza peccato senza ombre, nella sua custodita ignoranza del demonio era riuscita a costruirsi un articolo di fede a cui le sembrava consacrata tutta la sua vita – la felicità era a portata di mano – la sua vita era nient'altro che un sentiero cosparso di petali di magnolia, era nata in una culla privilegiata, da grande sarebbe diventata un campanaro, non poteva essere altrimenti, ogni sera confermava il suo proposito come una preghiera, come una giaculatoria, rafforzava la sua fede, fondava il suo regno diurno, costruiva le torri al suo castello che era stato eretto in una terra felice, sulle sponde di una Mesopotamia fortunata e fertile che non l'avrebbe tradita, era l'unica terra che conosceva, così andava il mondo, tutto il mondo anche domani sarebbe stato così. "Io sono felice."

Ogni sera attaccata alle corde lunghissime del sogno volava come in un'altalena fiabesca sopra le rane magiche e sopra il lago, sopra il suo sentiero cosparso di petali di magnolia, sopra gli esercizi alla fisarmonica, con la sua altalena volava sopra i riccioli bianchi della nonna e sui suoi sandali d'oro, volava con la sua altalena fiabesca scagliata contro l'azzurro e dentro il suo cielo andava ad acchiapparsi il futuro.

Ogni sera si addormentava al suono ipnotico e irresistibile dei rintocchi del campanile dell'orologio in fondo al viale; quella notte invece il vento gli aveva ruggito addosso, tutto attorno l'aria si era fatta sorda e torbida, così lei aveva atteso ad occhi aperti che il buio si spegnesse, che la notte finisse, senza dormire aveva cercato dietro i vetri della finestra, deboli raggi di luna sguazzavano all'impazzata attraverso la pioggia, così era rimasta immobile; il suo corpo lo aveva compreso per primo, quella notte non sarebbe mai finita, finite invece sarebbero state le sue albe di luce, parole semplici che non avrebbe potuto più scrivere, come una serpe immobile sotto il sole ardente, la sua anima aveva subìto una sorta di muta.

Dove cominciava il presente?

Niente sarebbe stato più come prima; la verità su cui aveva fondato il suo piccolo impero crollava, ciò che era stato reale e dunque vero per lei, la sua unica verità di fede moriva quella notte in quello strazio silenzioso come la sua muta eppure così maligno, così estremo perché il diavolo accidenti il diavolo davvero ribolle di una verità letale intollerabile.

Quella deprecabile definitiva smentita del suo invidiabile modo di stare al mondo, la necessità di separarsene come da un amore perduto, di abbandonarlo, era il suo primo abbandono, di disfarsene e poi l'obbligo crudele a sostituirlo, quello di certo era stato il lato più toccante del suo collasso.

Il vento aveva scoperchiato il vaso, odori corrotti avevano preso il posto delle fragranze che credeva uniche e mai estinguibili; adesso aveva un passato; così all'alba fu come se uno spettro dileguandosi le avesse lasciato tra le mani appena una reliquia palpabile.

L'indomani mattina la nonna l'aveva aiutata a vestirsi in silenzio, prima di uscire mentre le assicurava la cartella sulle spalle le aveva raccomandato con un tono che non ammetteva domande e che lei non conosceva «Non devi parlarne con nessuno».

Lei si era curvata sotto il peso, si era sentita caricata di un fardello enorme da sopportare di cui non conosceva lo scopo il senso la ragione.

"Non devi parlarne con nessuno", l'obbligo al segreto di famiglia la inchiodava, vietava l'accesso a quel flusso di comportamenti istintivi naturali, non sapeva neppure lei quali, che sarebbero seguiti perché prima ancora di essere la sua vita cambiata, prima ancora che un danno, quel nuovo evento era già un segreto da nascondere era già un mistero, una zona grigia e inconfessabile come una macchia, sporco come una colpa; non doveva parlarne con nessuno, non avrebbe potuto far avvicinare nessuno a quella verità tacitata e innominabile, quel silenzio difficile penoso e incompreso avrebbe scavato dentro il suo spirito avrebbe alzato un muro tra lei e le sue amiche, lei sarebbe rimasta seduta a guardarlo, tra la sua casa e il resto, intrappolata dentro il suo silenzio, naufragata sotto l'imperativo omertoso non devi parlarne con nessuno; così ora nel giardino i fiori sarebbero inselvatichiti, solo l'ombra del raggio avrebbe scavalcato il muro, nessuna primavera più a scaldare le piante eppure davvero prima di allora non c'era un solo fiore nel suo giardino non uno che sarebbe mancato alla sua intessuta ghirlanda.

La stanza si era riempita di una rarefatta cortina di fumo che galleggiava a mezz'aria proprio all'altezza dei volti della signorina Else e della dottoressa, impegnata con malcelato accanimento a spegnere la sigaretta consumata fino al filtro dentro un posacenere rosa a forma di padiglione auricolare.

«Non riesco a dire...» si schermì con un filo di voce la signorina Else; il suo alito aveva aperto davanti alle labbra un piccolo varco tra le sottili volte cilestrine che pigramente migravano attratte dal cono di aria fresca che filtrava dalla finestra socchiusa.

Quanto poteva andare avanti ancora?

La dottoressa col cognome spagnolo si agganciò immediatamente a quelle briciole di discorso che le erano state offerte, si affrettò ad agguantarle come un fedele l'ostia della comunione, evidentemente per lei invece il discorso era cominciato sin da quando la signorina Else le si era seduta davanti.

«È possibile che tacere sia un suo bisogno profondo oppure può darsi un intimo impedimento, in ogni caso potremo affrontare questa difficoltà insieme.»

Cos'è che aveva detto la dottoressa? era come se in silenzio, mentre lei non si accorgeva di nulla, impantanata com'era in una situazione da cui cercava di non farsi travolgere e di cui sentiva tutta la fatica della diga che argina il muro d'acqua, la dottoressa avesse scavato a fondo più a fondo per uscirsene inaspettatamente in qualche posto imprevisto alle sue spalle.

Immediatamente ne ricavò una strana selvaggia soddisfazione, non per le parole che la dottoressa aveva pronunciato, quanto piuttosto perché in qualche modo si era sentita autorizzata a persistere nella sua sciagurata e illiberale ostinazione.

Era un suo bisogno o un impedimento? In ogni caso era qualcosa che la inchiodava all'immobilità.

Avrebbe voluto abbandonarla la sua consumata teoria, togliere da davanti agli occhi il quadro che aveva dipinto e che si era abituata da anni ad ammirare e a considerare il suo unico sfondo, tuttavia abbandonare il solco della propria consuetudine era maledettamente complicato, difficile, avrebbe voluto lei, avrebbe voluto abbandonare la sua contorta teoria che la imprigionava, che le impediva di ricevere aiuto, la teneva bloccata irrigidita, non aveva mai potuto contare lei sulla sua volontà di cambiare le cose, la sua vita; la sua volontà, adesso che ci pensava, si confermava niente-meno che nel suo ineluttabile traguardo di solitudine, la sua volontà l'aveva trasformata almeno agli occhi degli altri, perlopiù in un'alta tremula zitella, perché no? Voglio andarmene – pensò – voglio uscire di qui. La sua casa era vuota, adesso a quell'ora, all'incirca al limitare del tramonto, lo specchio ovale nella sua camera rifletteva una porzione di cielo rosso, le piaceva in quei pomeriggi in cui non c'erano troppe nuvole ad oscurare la luce, sedersi sul bordo del letto ad osservarlo finché lentamente, col sopraggiungere della sera, ogni baffo di luce si spegneva, quando al buio si alzava dal letto era l'ora della cena.

Sola, era rimasta sola, suo padre l'aveva seppellito centoventi giorni prima, della sua famiglia non era rimasto più nessuno, la mamma se n'era andata per prima, aveva resistito a lungo fino allo stremo.

Non voglio tornarci, non voglio pensare ancora, sentiva che i suoi nervi in subbuglio cedevano, aveva voglia di andare in bagno, di uscire da lì, aveva assunto l'aria buffa di chi deve sternutire ma non ci riesce, senza sapere perché rimaneva seduta aggrappata a quella poltroncina che, non appena si era accomodata, aveva trovato sgradevolmente scaldata dal sedere di chi l'aveva preceduta in quel bizzarro girotondo delle sofferenze e delle confessioni; questa in quel momento, lo sapeva, era l'ultima occasione che aveva di sentire qualcosa, di sentire qualcosa, eppure scivolava lo stesso sempre più lontana sempre più lontana, non voleva essere soccorsa, la sua vita del resto da tempo si era trasformata in una quotidiana perenne emergenza, la sua vita adesso non le piaceva così com'era, non le piaceva più, doveva confessarlo avrebbe dovuto dirglielo ora lì a quella ma come? non aveva mai avuto nessuna dimestichezza con gli strumenti di riparazione, si era concentrata sul danno lei e non era mai stata capace di accettarlo – figuriamoci di recuperarlo.

Quando la mamma si era ammalata tutta la famiglia si era ammalata era stato come un terribile inarrestabile contagio, a suo modo non c'era stato nessuno che ne fosse rimasto fuori che si fosse salvato; la sua casa felice si era richiusa nel suo dolore in mezzo ai vecchi alberi del giardino era come la reminiscenza di un dipinto o del ritornello di una ballata, diventata ostile agli ingressi degli estranei, dei vecchi amici, respinti indietro dal segreto di famiglia; la sua casa profumata privata di ossigeno e di anticorpi, con le abitudini lasciate marcire, i fuochi spenti le finestre chiuse le feste dimenticate e i sorrisi lasciati indietro, la sua casa abbandonata per sempre dallo spirito allegro di chi la abitava era diventata ai suoi occhi un vecchio tempio soffocante, serrata sotto una specie di sequestro affettivo di cui era rimasta per anni prigioniera, una specie di cripta incrostata di muffa e fangosità inghiottita dall'oscurità, intravista al raggio oscillante di una piccola lanterna incapace ahimè di sconfiggere la notte.

Una sera d'inverno, il giardino era coperto di grandine, chicchi grossi come ciliegie, aveva sorpreso la nonna mentre parlava animatamente col babbo in cucina, gli diceva quasi gli intimava «Devi occuparti di tua figlia tu, è come se fosse già orfana, non puoi ignorarla, non puoi guardare soltanto il tuo dolore».

Il babbo aveva una faccia sconsolata, un'aria impotente continuava a scuotere il capo «Non ce la faccio» diceva «sono dentro un incubo» ed era come se tutto il suo sforzo fosse dedicato a convincere la nonna della sua legittima impotenza.

Era vero, era andata così, ognuno aveva ricevuto il suo incubo e aveva dovuto organizzarsi, da solo però, perché il minuscolo cerchio mistico dentro il quale avevano abitato tutti insieme non aveva retto alla disgrazia si era schiantato, infranto; i superstiti erano stati sbalzati fuori, ognuno in un luogo diverso, periferico, lontani tra loro, sordi e sbalorditi, ognuno col compito personale di sopravvivere.

Il babbo all'inizio si era lasciato trasformare, era diventato un ostaggio della malattia della mamma, le viveva accanto era incapace di staccarsi da lei non parlava che dei suoi gesti, quelli di lei rari e così eterei, mentre li descriveva assumeva un'espressione estatica che quasi immediatamente implodeva dentro le pieghe di una maschera tragica che gli aveva modificato il volto, di colpo si era invecchiato, ma di più l'attitudine radiosa del suo caro volto si era trasformata in una sorta di ghigno scontroso e respingente; lei si fermava davanti ai suoi occhi pieni di rabbia, di certo non poteva saperlo ma forse quegli occhi feroci e armati erano come due belve messe a custodia dell'ingresso, in qualche modo vietavano l'accesso al suo dolore, impedivano a chiunque di andare oltre, di vedere la sua delusione, il suo sgomento e poi custodivano anche se in un modo incerto la sua disperazione.

Ma per lei era troppo difficile, era troppo piccola lei aveva bisogno di lui, di ognuno di loro, erano gli unici a sapere con lei, come avevano potuto costringerla in quella prigione familiare? Tutti.

Anche il nonno era cambiato, aveva smesso di darle lezioni di fisarmonica perché diceva avevano preso a tremargli le mani, era vero; restava ore in giardino ad occuparsi delle piante oppure si fermava seduto davanti casa senza fare nulla senza dire più nulla chiuso ostinato come se avesse preso una decisione.

Col tempo tutti i personaggi della sua narrazione felice, i protagonisti della costruzione della sua bella vita, i suoi amori, i suoi sostegni non avevano retto all'infortunio, alla calamità, per poter rimanere accanto al malato si erano assentati da qualunque altra esistenza, anche da lei, condannandosi alla solitudine del silenzio.

E lei? lei era stata incapace di organizzarsi. Gli adulti, le sembrava, in qualche modo potessero scegliere, avevano scelto anche per lei e poi erano così abili, si premuravano di essere sempre indaffarati, pareva che avessero sempre qualcosa da fare, e lei? la sua vita si era spezzata, si era interrotto il racconto amato; aveva pianto eccome di notte ai primi rintocchi delle campane, aveva chiesto, pregato di non svegliarsi al mattino del giorno dopo, non se doveva essere come il giorno precedente e quello prima ancora, aveva chiesto che la mamma si svegliasse, perché no, non poteva succedere un prodigio? un piccolo miracolo a cui lei aveva imparato a credere.

Ora che la guardava la sua vita alla luce della luna, fino ad allora quella le era sembrata una fiaba, dunque perché no, non poteva accadere che la mamma si svegliasse? Non poteva succedere almeno una volta ancora?

Non era accaduto e nessuno della famiglia aveva raccolto la sua implorazione la sua richiesta di aiuto. Il pozzo di ogni occupazione, di ogni accanita dedizione era in camera della mamma, lì dentro era il tesoro là era il morbo; incolpevolmente succhiava le vite degli altri, si muovevano tutti allo stesso modo come alghe in fondo all'acqua si agitavano avanti e indietro invisibilmente mosse dal medesimo flusso ma sempre intorno a lei.

La nonna, sembrava incomprensibile, non l'aveva mai vista piangere aveva assunto la sua parte di compito con l'energia con cui svolgeva il lavoro domestico; quando aveva terminato di sparecchiare lei osservava la nonna passare il braccio sul tavolo, un gesto ampio dell'avambraccio nudo che scivolava rapido sopra il piano di legno raccoglieva le ultime briciole e le lasciava cadere nel grembiule che teneva teso all'altro capo del tavolo.

Ecco la nonna teneva stretta la mamma come quella manciata di briciole dentro il suo grembiule. Finché la mamma non ne era scivolata via.

L'aveva guardata la nonna dopo tanti anni senza sorridere aveva lasciato che la sua faccia pallida buona e così gentile si allungasse fino a raggiungere un aspetto austero, rigido ma ugualmente bello.

Ai funerali della mamma un pomeriggio caldissimo del mese di luglio erano andate moltissime persone, lei aveva provato una immensa consolazione, perché in quella sorta di grottesca processione in cui ognuno baciava a turno una cassa di legno, tutti avevano abbracciato lei, avevano finalmente guardato il suo dolore, l'avevano scoperto, tutto era diventato inevitabilmente chiaro, quella celebrazione, portata a spasso per le strade, aveva svelato il segreto, ora tutti sapevano; in quella declamazione definitiva della verità lei aveva riacquistato un'identità era orfana non doveva più nasconderlo; uscendo di casa quella bara aveva sfondato le mura dentro cui tutti loro erano rimasti sepolti, prigionieri; seppellendo la mamma, avevano dato sepoltura a una rappresentazione macabra e inutile anzi penosa, nella quale il dolore si era fatto aspro tignoso irreale, l'aveva fatta vergognare in silenzio in seguito, in solitudine.

Cosa era venuta a fare dalla dottoressa, cosa avrebbe potuto lei che si era fumata una sigaretta alla periferia dei suoi pensieri? O era lei invece che si era seduta in un punto eccentrico del loro incontro e si era resa invisibile. Cos'è che le aveva detto? Si trattava di un suo bisogno o un impedimento?

Nulla di rilevante era accaduto alla sua vita adulta, nulla mai di più consistente di quello che aveva vissuto all'inizio della sua vita; il senso della perdita il grave lutto degli anni migliori del suo tempo felice; tutto il resto della sua esistenza aveva cercato senza fortuna di ritrovare quel tempo perduto, o meglio lo aveva atteso come se le fosse dovuto, ma era stata incapace di rischiare, di cercare, addirittura incapace di riconoscere le occasioni di felicità.

Era semplicemente rimasta seduta ad osservare le ombre rosse nello specchio della sua camera nella capitale.

Non ci aveva più pensato che voleva fare il campanaro; solo una volta le era tornato alla memoria, una mattina poco tempo addietro, mentre cercava di liberare il soffitto della sala dalle ragnatele che invadevano il muro, era tanto che non le tirava via. Stava abbracciata a uno scopettone dal manico lunghissimo che faceva oscillare quasi senza controllo lungo la parete fino agli angoli; così con le braccia sollevate, la testa cacciata all'indietro, si era sentita strattonare, si era vista sollevare, trasportare in alto e pencolare così abbarbicata con le mani serrate al manico di legno come alla corda di una campana, si era vista ridicola con quel corpo piatto e così spilungone com'era, svolazzare con le gambe ciondoloni lunghe lunghe con le grosse ciabatte di feltro grigio ferro ai piedi; erano quelle del padre, almeno tre numeri più grandi del suo, le aveva infilate dopo che il babbo era morto e adesso le teneva sempre in casa, ci stava comoda e poi si infilavano subito anche con i calzetti di lana che teneva ai piedi per la notte pure d'estate.

A furia di sventolare lo scopettone da un angolo all'altro e lungo le pareti e poi sopra i bastoni delle tende, quello si era animato come di un *fou rire* via via sempre più incontrollabile, come un'arma aveva distrutto al suo passaggio la tela di colonie di piccoli ragni che, divenuti furiosi, ora si agitavano avanti e indietro si spargpagliavano dappertutto correndo senza capire da dove venisse il pericolo, qualcuno collassato in fondo ad un filino residuo della tela, dondolava dal soffitto appeso come un acrobata a una fune d'emergenza; un paio di grossi esemplari erano approdati con successo sulla testa della signorina Else sulla cui fronte zampillava con indomita vivacità un ricciolo di ragnatela grigio ordito con sorprendente complessità ma totalmente inutilizzabile ormai, doveva essere stata questa la conclusione a cui era giunto uno dei due ospiti che aveva ripreso a barcollare tra i capelli della signorina Else dopo aver ispezionato le macerie a dovere.

Sul soffitto e per aria lo scopettone seguitava a sbattere addosso al muro, zigzagava vorticando su se stesso, era diventato pesantissimo, la signorina Else faticava a tenerlo dritto in alto, aveva le mani indolenzite dai crampi non sentiva più le spalle doveva puntellarsi alle pareti per bloccare lo scopettone che non era più in grado di raddrizzare; in un disperato tentativo di riprendere il controllo dell'arma, aveva strattonato con tutta l'energia residua e così aveva inferto una bastonata fragorosa proprio al lampadario di cristallo soffiato a forma di orchidea che adesso oscillava pericolosamente; l'effetto sonoro della manovra maldestra fu quello del rintocco di una campana sorda, con un gesto repentino che aveva dell'eroico, la signorina Else allora si sollevò in punta di piedi stirandosi allo stremo nel tentativo di bloccare il lampadario e impegnandosi così in una caccia spietata, macché, la testa seguiva lo scopettone che inseguiva il lampadario che non si bloccava anzi lagnava in modo allarmante, la signorina Else si costrinse a una estrema resistenza ormai dondolava in sincrono con il lampadario in un corpo a corpo disperato si accanì nello sforzo, ma fu colta da un insidioso capogiro, quello non fu che l'inizio, il soffitto aveva preso a girare la stanza si muoveva niente era più stabile mano a mano tutto veniva come risucchiato in una sorta di vortice, adesso anche la sua testa girava all'impazzata disperatamente appesa ormai da tempo immemorabile, le sembrava, al manico dello scopettone la signorina Else strinse le mani più che poté si aggrappò con forza serrando le spalle e cominciò a tirare il manico rannicchiandosi sulle gambe, a tirare e poi lasciare, a tirare e sollevarsi, a tirare giù accovacciata quasi a terra abbarbicata al bastone come tenesse lo stendardo della processione poi si tese tutta con le braccia al cielo dietro lo scopettone che saliva a una velocità frenetica e su e giù e su e giù e ancora all'impazzata su e giù su e giù finché scoppiarono sonori i rintocchi delle campane finché non diventarono forti e chiari, forti, su e giù, poi violenti e su e giù poi assordanti, lo spazio intorno rimbombava, su e giù la stanza amplificava i colpi che ora vibravano come se rimbalzassero da una parete all'altra martellando le orecchie, un rombo molesto insopportabile quasi doloroso.

Andò avanti per un bel po' la signorina Else, si era accanita a suonare le campane si era accanita si accucciava e si stendeva e poi tirava e poi si appiccava come una forsennata con le braccia in aria e c'era una tale confusione intorno a lei, un caos indicibile, c'era stato come uno schianto poi l'eco dei rintocchi, li aveva uditi e poi le fughe dei ragni, un profumo intenso quello della vecchia casa, i sandali d'oro, le ciabatte troppo grandi e poi l'altalena annegata in una luce argentea perlacea, scagliata contro l'azzurro; non stava delirando solo che avvertiva un gran dolore non sentiva più le mani e poi era sopraggiunto quell'affanno, l'affanno, il fiato grosso non le bastava il respiro un peso le opprimeva il cuore, un dolore dentro al torace come un vento gelido e tagliente e poi una specie di rantolo, una specie di rantolo prolungato rauco e buffo. Era finita, finita lì la messa era stata annunciata, il suono dei rintocchi cessato di colpo le campane diventate mute la stanza aveva smesso di girare e tutto o quasi era tornato al suo posto ordinario. Silenzio – Stasi e Silenzio – la signorina Else era crollata sulla poltrona sudata e confusa stordita stremata e scarmigliata, a mala pena sopravvissuta a quella sorta di esorcismo domestico che le aveva irrimediabilmente preso la mano e l'aveva spaventata. Oltremodo.

Eccola là la signorina Else coperta di polvere e di vergogna seduta sulla poltrona cremisi, la vecchia passamaneria dorata ormai da cambiare, col fiato corto le ciabattone di feltro ai piedi e lo scopettone in mezzo alle gambe; mentre ne fissava le spazzole senza riuscire a pensare a nulla, un ragno dal corpo minuscolo e grigio prese ad arrampicarsi lentamente su per il bastone di legno arrancando in salita su lunghissime zampe ricurve e sottili più del filo da cucire; prima che arrivasse all'altezza dell'orlo del suo grembiule, la signorina Else assestò allo scopettone un piccolo colpo secco, lo fece cadere a terra, quello rimase per un attimo paralizzato mezzo cappottato con la pancia in alto, aveva raggrinzito le zampe e si era raggomitolato tutto, senza indugio allora la signorina Else fece calare su di esso il suo ciabattone dalla suola di gomma e con indifferenza schiacciò la bestiola pestando a fondo e facendo oscillare la punta del piede; un piccolo crepitio si levò appena soffocato sotto la suola, la signorina Else non vi fece caso, allungò le gambe, da sotto la ciabatta, arricciata come un baffo si vide spuntare di lato una zampetta inerme, la donna si lasciò andare esausta sullo schienale stinto della poltrona cremisi fece un profondo sospiro e chiuse gli occhi al giorno.

Oltre il vetro un pallido raggio di luce imbiancò la reliquia della sua rassegnata trasandatezza.

Altro che volare era stato un incubo, niente a che fare col sogno; del resto era sempre andata così da quel momento in poi, da quando aveva perduto i suoi tesori, le promesse di vita che aveva intravisto nella luce di quella trinità speciale ed esclusiva sulla quale aveva orientato la prospettiva del suo sguardo sul mondo.

Promesse come doni elargiti a piene mani e a piene mani raccolti e tenuti stretti tra le dita come le primule che la mamma raccoglieva lungo il fiume e chiudeva tra le dita lasciandole galleggiare sul palmo come delicate ninfee sulla superficie del lago.

Era orfana anche delle promesse, una mancanza aggiuntiva che l'aveva piegata alla tristezza e in qualche modo le aveva insegnato che ad una perdita seguivano ancora immancabilmente altre mancanze.

Non ci saranno più altre occasioni questo aveva imparato a pensare e col tempo aveva cercato senza impegno di farci l'abitudine; aveva imparato ad accettare come un fatto compiuto la constatazione che nella sua vita non sarebbe successo più nulla.

Tutti gli anni dopo quell'ultima estate, che la memoria aveva avvolto come le ali di un avvoltoio la sua piccola preda bianca, aveva sempre trascorso le vacanze estive con i nonni – di nuovo quell'immagine che tornava – pensò.

Rispettabilmente tutti gli anni si spegnevano in piccole località di villeggiatura, in ogni cittadina balneare le loro finestre non erano mai proprio affacciate sul mare.

Era diventato tipico suo, le cose poteva solo sbirciarle, solo sbirciarle.

La dottoressa aveva aperto una grossa agenda carica di foglietti infilati in disordine tra le pagine, la consultava con calma sfogliava e tornava indietro, poi scorreva col dito il foglio lo faceva scivolare dall'alto verso il basso e poi al contrario, poi si fermava girava pagina e riprendeva in un'altra data, un rituale insignificante che la escludeva completamente, sembrava non riguardasse lei; la dottoressa, le parve, si muoveva concentrata sui suoi gesti come se fosse rimasta sola e avesse ripreso il filo dei suoi pensieri come se tutto fosse concluso e lei fosse già uscita dallo studio. Ma forse era così, davvero lei non si trovava più in quello studio poteva darsi, dov'era il suo corpo adesso? Da dove assisteva a quella scena? Per qualche istante si sentì vacillare; non era una sensazione sconosciuta al contrario le era nota, era sorella di quella che l'aveva assalita in ascensore, una sensazione di estraneità rispetto a se stessa, l'impressione di non sentirsi dentro il proprio corpo; erano attimi brevi a volte lunghe assenze, intervalli della coscienza, sospensioni improvvise, partenze da sé che per di più la portavano a dubitare della propria realtà; si rendeva conto del fatto che lei stessa vi si andava debolmente rassegnando e tuttavia temeva di cessare di accorgersi, di non ricordarsi più, in qualche modo di non potersi fidare di sé. "Sono in questo studio sono in questo studio" si ripeté e istintivamente afferrò i braccioli della poltroncina azzurra e li strinse forte tra le mani; sono ancora qui in fondo al silenzio che lei stessa aveva tenuto fino al punto estremo, incapace di fare nulla; non era questo del resto lo spartito della sua esistenza, il passo, l'accordo per nulla intonato?

Un improvviso collasso di luce aveva precipitato la stanza nella semioscurità, una sorta di eclissi di luce in cui le cose apparivano livide e tutte dello stesso colore.

La stanza adesso pareva cambiata, era più brutta, privata della sua generosa luminosità che ne rallegrava gli scarsi arredi, aveva assunto un'aria di freddo decoro.

Dove sono? dove sono, si domandò, di nuovo quella sensazione difficile da decifrare l'avvertimento di un irreparabile ingiusto, la percezione che quello che accadeva non fosse destinato a lei, non appartenesse neanche alla sua vita, perché no? Si era formata una paradossale convinzione anzi a volte se ne sentiva certa, ad un determinato punto terribile e cruciale doveva essere addirittura accaduto, lei doveva essersi infilata nella vita di un'altra, aveva cominciato a vivere nel corpo di qualcun'altra. Questo avvertiva certe volte, era un'eventualità mostruosa ma nondimeno doveva esserle capitata; non solo, tale degenerata ma autentica congettura era diventata un pensiero corrosivo con cui tuttavia non riusciva in alcun modo a convivere, ma poi come?

Una volta, era accaduto qualche anno prima nel salone della sua parrucchiera, mentre era seduta su una delle sedie del lavaggio, la testa abbandonata indietro in una posizione disgraziatamente scomoda poiché l'appoggio era troppo basso tanto che lei non riusciva a deglutire, quando la ragazza addetta allo shampoo le aveva inondato di acqua tiepida la sua testa, lei aveva avvertito dapprima un disagio fortissimo, improvviso, non proprio un malore, aveva tentato di distrarsi, di scrollarsi di dosso, senza darvi troppo peso, quel malessere, si era costretta a piccoli gesti, quelli consentiti dalla contenzione, invocati dal timore e dall'allarme; aveva accavallato le gambe afferrato un fazzoletto dalla borsa che teneva appoggiata sulle gambe e poi aveva serrato la borsa tra le mani, sudava e non riusciva a respirare sacrificata com'era, il fiato le si strozzava in gola, non poteva muoversi figuriamoci alzarsi in piedi, la sua testa a quel punto era stata di nuovo cosparsa di un'enorme quantità di schiuma dal profumo dolciastro che era riuscito a distrarre per qualche istante i suoi sensi poiché le aveva fatto tornare alla mente l'odore della colla di coccoina quella dentro il barattolo di latta; ma all'improvviso era insorta dentro tutto il suo corpo una sensazione potentissima, una pressione dolorosa come di qualcosa o qualcuno che spingesse per abbandonare il suo corpo, che urlava, premeva per uscirne, spingeva con forza per liberarsi da lei, come da un involucro.

Aveva bisogno di un pronto soccorso, cominciò a tossire ad agitarsi, temette il peggio si sentiva confusa stordita anche a causa del fatto che l'esuberante shampista che manovrava sulla sua testa, tale Cosima Lia che avulsa com'era non si era accorta di nulla, continuava a chiacchierare blaterando completamente perduta in una logorrea senza pause, del suo tormentato e burrascoso rapporto con un certo Demetrio, un commesso viaggiatore che con grande passione la tradiva allegramente con un'altra donna o forse era sposato non aveva capito bene; la ragazza animata in modo eccessivo sciorinava le sue disavventure domestiche con una tale calorosa partecipazione, con un trasporto animoso che purtroppo si trasferiva anche alle sue mani, cosicché aveva preso a sballottarle la testa a maltrattarla come se davvero credesse di avere quel Demetrio tra le grinfie.

Santo Cielo! Non si era mai trovata in una situazione tanto incresciosa si sentiva male si sentiva scoppiare tutto il suo corpo pareva soffrirne; che cosa stava succedendo? Sotto la spinta spaventosa di quel peso invadente che pareva voler esondare da quel corpo, tanto premeva contro le sue vene, la sua pelle e ogni punto nevralgico che non opponeva alcuna resistenza perché tutte le forze si erano esaurite nell'inutile sforzo di difendersi, era sopraggiunto in lei il terrore inconfessabile che potesse accadere davvero l'irreparabile. Maria Vergine! La sua pelle si sarebbe squarciata come una guaina di lattice; in quei momenti interminabili ella aveva anche immaginato il rumore che quello strappo avrebbe provocato ed era rimasta paralizzata per tutto il tempo della durata dello shampoo immaginando la paura e la vergogna di quello che una simile deflagrazione avrebbe potuto causare dentro al negozio della sua parrucchiera di fiducia.

Certe cose succedono solo nelle trame dei racconti, si ripeté più volte, lontana tuttavia dal ricavarne consolazione; non poteva darsi infatti che lei stessa si trovasse dentro una di quelle trame? La realtà di quel suo avvertimento, di quei suoi timori non era ai suoi occhi meno reale dell'acqua tiepida che ora le risciacquava i capelli, delle parole di quella Cosima Lia cui nella trama del racconto era toccato di interpretare sicuramente una parte secondaria ma decisamente brillante.

Com'era potuto accadere che in certi momenti il suo senso della realtà si rarefacesse a tal punto da evaporare tanto da confondersi imbrogliare la logica annullare il limite del possibile e del ragionevole, da sfiorare il grottesco, penetrare nell'inverosimile e capriolare nell'assurdo?

La verità era che la realtà l'aveva tradita, l'aveva tradita e lei non lo aveva mai accettato non aveva mai fatto sua la realtà nuova del dolore, della perdita che aveva assaltato la sua vita aveva minacciato il suo futuro, semplicemente non c'era riuscita, non era colpa sua e in ogni caso non era stato solo quello che era accaduto a spaventarla, di più l'esperienza che, come i miracoli, le tragedie possono accadere, sopraggiungere all'improvviso a cambiare il soggetto del dipinto mutare i colori la luce e lo sfondo. La felicità, la sua vita un tempo le erano apparse definitive le aveva assunte come la realtà domestica incontestabile il tessuto eccellente della sua trama ordinaria; così, era stato il crollo di quella certezza a fermare il suo tempo a paralizzare le sue difese, era stata l'improvvisa amputazione della sua vita felice.

Il crollo della sua fiducia, questa più di ogni altra cosa era stata la nota profonda del suo collasso.

Senza dolcezze, senza cautela la sua realtà aveva mutato aspetto mostrava quello ostile di un nemico quello di un estraneo, così le era sembrato più facile allontanarsene piano piano prenderne le distanze assentarsene; era andata via, lei, via perdendo anche nelle piccole occasioni nelle circostanze di poco conto il contatto con ciò che la riguardava eccome; non riusciva a sopportare, non aveva dimenticato nulla, solo che si era voltata da un'altra parte; era entrata nella grande illusione in virtù della quale ignorare quello che un tempo le aveva fatto così male, che aveva scalfito i suoi nervi i suoi sensi e il suo cuore, tentare di cancellarlo, riuscisse a garantirle di non soffrire più di non sentirsi più infelice di guarire.

Doveva aver fatto una specie di fagotto la signorina

Else, della sua gran delusione, di quella preziosa giara che era andata rotta con tutti i suoi tesori i suoi sogni, carica dei suoi richiami, del suo oro e i suoi stracci delle primule e i fiori allegri e spampanati della sua intessuta ghirlanda che ogni anno affidava al lago, della fisarmonica e dello sciame di voci e delle risate che risuonavano nelle stanze, dell'inganno amaro e solenne invece, della sua vita spezzata e del tiro basso che le aveva giocato alle spalle e che non era mai riuscita ad accettare; quel fagotto la signorina Else aveva dovuto nasconderlo da qualche parte oscura e invisibile, seppellirlo per sempre il fantasma di quel dolore da qualche parte lontana profonda e dimenticata e stringerlo stringerlo con le sue stesse mani perché nulla ne sortisse fuori nulla si mostrasse più ai suoi occhi, che rimanesse nascosto e silente; così, dev'essere accaduto che la paura di trovarsela davanti di nuovo, di sentirsela vivere dentro quella perdita, che non poteva proprio non poteva più, era stata costretta a sorvegliarla e così, senza volerlo era rimasta lei da qualche parte in fondo all'universo sempre accanto a quel suo fagotto pieno; che strano proprio lei che voleva disfarsene!

Così dentro di sé era andata crescendo sempre più intensa la sensazione che non fosse lei la destinataria di quello che le capitava, quando le accadevano, maneggiava le cose come se tenesse in mano un mazzo di fiori senza i gambi.

Era naturale che misconosciuta la loro appartenenza – quella delle cose – almeno nella sua illusione tanto vera e necessaria, la signorina Else avvertisse la sua vita, che pure sua era, sua, che continuava a scorrere storta e distante, come se appartenesse a qualcun altro come se la vivesse per procura; l'immagine e la percezione che si era andata facendo della vita reale, era reale allo stesso modo della vita stessa, del mondo concreto con la prospettiva delle strade che portano lontano ad una distanza infinita; chi può dire quale delle due possieda maggiore consistenza maggiore dose di realtà e soprattutto maggiore efficacia.

Quello che aveva vissuto quel pomeriggio la signorina Else forse era un incubo eppure ne aveva tremato, ne era rimasta scossa, si era sentita male perché era accaduto davvero, quell'accadimento era reale, tutto il suo corpo poteva giurarlo, ne aveva patite le conseguenze.

Si era spinta troppo oltre quel pomeriggio, si era allontanata verso una deriva remota e desolante una landa disabitata priva di orizzonte una terra in ombra muta e senza traccia una zona di confine invalicabile e incerta, senza guida, priva di paesaggi e infinita dove mancano i termini di paragone, un luogo senza alba una sponda ignota dove finiscono i pensieri; li vedeva galleggiare intorno a sé dispersi come rottami nell'acqua dopo un naufragio.

In certi luoghi, in certe sinistre seduzioni la signorina Else si smarriva troppe volte, possedevano in qualche modo un tratto allettante per la sua tetraggine abituale.

Di gran lunga quella veduta desolata sarebbe potuta sembrare la geografia, il diagramma scolorato di tutto il suo grigio presente.

Nello spazio frantumato in cui annaspava da sola, la

paura rendeva difficile, quasi impossibile il ritorno, simile ad un'ancora enormemente pesante da sollevare, la imprigionava a sé, la tratteneva sull'orlo di quell'abisso oscuro e improduttivo per la felicità e tanto fecondo di trasfigurazioni, sulle cui sponde troppo spesso il suo spirito andava ad incagliarsi.

Ora si sentiva terribilmente stanca, si passò una mano sulla fronte, sfiorandola i polpastrelli si inumidirono, aveva voglia di sbadigliare lo fece avidamente più volte. «L'ho annoiata?» sbottò Cosima Lia con una immediatezza accelerata da una notevole dose di voracità. «Faccio spesso questo effetto perché ho la tremenda mania di perdermi in troppi particolari inutili.»

Si trattava davvero di una bizzarra coincidenza pensò la signorina Else, anche a lei succedeva la stessa cosa.

Risero tutte e due. Risero e quel sorriso funse come da calamita intorno alla quale andarono a convergere alcune delle cose sparpagliate chissà dove, scivolate dalle mani e dal senno della signorina Else, piccole cose, gesti, presenze, una qualche logica che ella andava rappattumando allo scopo di essere almeno all'altezza delle circostanze.

Provvidenziale come la benda che gli dèi avvolgevano intorno ad Enea per salvarlo, il panno caldo denso di vapore venne sciolto dai suoi capelli, calò come un sipario sul suo volto la avviluppò; le parve in qualche modo che tutte le sue facoltà come affrancate da una costrizione, spiccassero un balzo, finalmente la marea si abbassava – pensò – non c'era più pericolo. Alle sue orecchie ripresero a giungere a poco a poco i rumori e il ronzio delle voci del piccolo commercio, carichi della loro implicita pretesa di realtà; vi riattinse stavolta come all'acqua di un fonte battesimale e le sembrò di ricavarne un senso di scettica riconoscenza.

Faticò un po' la signorina Else in quella specie di risveglio mitico, a mettere quella sua esperienza, al limite del metafisico, d'accordo con l'ambiente prosaico e per nulla trascendentale del modesto salone de beauté. Si portò la mano al viso ancora coperto, a passi lenti stava tornando al seguito delle sue piccole cose, aspirò profondamente il profumo dolciastro che sapeva di colla di coccoina e chiuse gli occhi, chiuse gli occhi e rimase compresa in quel gesto al buio finché il suo spirito riacquistò l'illusione di contenere in sé tutte le cose.

La dottoressa era in piedi, stava parlando con un tono carezzevole, qualcosa a proposito del prossimo appuntamento; in quel medesimo istante sul davanzale esterno della finestra era atterrato un piccione, il suo occhio vitreo e primitivo pareva scrutasse l'interno e i suoi abitanti, la signorina Else rimase a fissarlo senza rispondere, poi di colpo si alzò in piedi, così la dottoressa fu costretta a sollevare il capo per guardarla; in quel confronto si sentì sproporzionatamente alta e poi troppo ingombrante, avvertì in qualche modo il bisogno inopportuno di scusarsene, ma non era solo di questo si rendeva conto, tuttavia non si mosse, vi fu una pausa lunghissima senza che nulla si muovesse, aleggiava un'aria di attesa e di sospensione; lei la dottoressa e il piccione immobili, l'immobilità sembrò per qualche istante averli pietrificati, finché la dottoressa sciolse quell'incantesimo fulmineo come un lampo, si avviò, oltrepassò il muro di cristallo, la precedette per accompagnarla alla porta dello studio; in quello stesso istante dalla più remota profondità di quel silenzio il piccione là fuori trasse una goccia di suono e poi si lasciò andare nel vuoto.

Sulla soglia aperta la dottoressa le tese la mano per salutarla. «Grazie» disse «del suo silenzio» la sua voce possedeva una sorta di fruscio gradevole e raffinato; le parole erano state posate con grazia e cautela, proprio come le zampe di un gatto che passeggi tra soprammobili di porcellana; mentre parlava aveva assunto un'aria dolcissima e incredibilmente soddisfatta.

Gli occhi onesti e tristi della signorina Else che pareva sempre guardassero da un'enorme distanza, come dalle profondità di un abisso marino, si fissarono su di lei; diede una scossetta ai corti riccioli castani, un gesto cui ricorreva quando si trovava in imbarazzo, strizzò gli occhi che si fecero sottili come due arterie; erano state quelle parole, la scoperta di quella insolita acquiescenza alle vicende umane a perplimerla, era stato come se per uno spazio di tempo inafferrabile le cose avessero perduto la pelle, si fossero liberate da una certa durezza di superficie.

Non sapeva se sarebbe tornata, ci sarebbe voluto del tempo per scoprire se vi fosse una frattura nella propria rugginosa decisione. Aveva bisogno di simpatia, di qualcuno forse che immettesse come un affluente nel flusso della sua vita, parole di senso nuove che lucidassero le vecchie immagini offuscate della sua esistenza, che saldasse insieme i frammenti sparsi del mondo. Adesso davvero si sentiva esausta.

Aveva guardato il cielo e il cielo era pieno di immagini; un soffio di vento aveva aperto una porta una qualsiasi tra le molte migliaia di porte nella vita della signorina Else e ne era uscito un pensiero doloroso.

Si separarono senza fretta con la sensazione di rientrare ognuna al suo posto, in due punti sin troppo distanti nel grande ed eternamente mobile disegno della vita umana.

2

«Buon pomeriggio a tutti!»

Tutti erano un signore e una signorina seduti ai lati opposti della vasta sala d'attesa; non era la prima volta che si incontravano anche se non si conoscevano affatto, solo che erano quelli del mercoledì, probabilmente la ristretta e pallida umanità destinata agli appuntamenti pomeridiani.

Nessuno di costoro tuttavia osava infrangere il riserbo altrui perciò si muovevano tutti come ispirati ad un tacito accordo in virtù del quale nessuno prendeva confidenza, nessuno guardava in faccia l'altro se non di sfuggita, se proprio non si poteva evitare la buona creanza veniva lanciato un saluto distratto preferibilmente però mantenendo lo sguardo rivolto a terra, atteggiamento che serbava l'implicita intenzione di rassicurare l'altro sul fatto che non fosse stato "scoperto" lì in quel luogo.

Al suo primo ingresso, la signora che si era affacciata alla porta ignorava quella specie di balletto retorico assurto ad uso convenzionale, così al contrario, quel suo saluto rivolto a tutti con una sorta di gaiezza infantile, ai due sparuti presenti in quella sala, apparve quasi come un saluto di deferente trionfo. Nessuno rispose. La sala d'aspetto quel giorno aveva mutato la sua configurazione abituale; davanti alle poltroncine consuete, un gran numero di sedie disposte in circolo sembravano trattenere ancora lo scheletro di una qualche riunione tra le loro braccia vuote, anche quei due signori muti seduti distanti avevano l'aria di due reduci cui nessuno si fosse premurato di comunicare che la festa era finita e se ne fossero avveduti solo in quel momento.

La signora appena arrivata si tolse con cura i guanti, portava ancora con sé l'odore fresco dell'aria di fuori, dopo un attimo di incertezza su dove accomodarsi optò per una sedia vicina all'ingresso accanto a un piccolo tavolo di midollino, basso e quadrato su cui erano sparse alcune riviste; scelse a caso un mensile di moto e motori, cominciò a sfogliarlo e a leggere con l'attenzione che pone uno studioso alle anomalie di un testo antico.

Bella non poteva dirsi quella signora, possedeva tuttavia una sorta di grazia equina, una bellezza muscolare perfettamente saldata con la robustezza della corporatura che esibiva un aspetto solido e massiccio ben pasciuto si sarebbe detto, una consistente carnalità che, nonostante il mezzo secolo che si portava sulle spalle, conferiva una qualche dose di sensualità, certo involontaria, al portamento spigliato e garbatamente ondeggiante della signora; quando si muoveva, quando camminava il suo corpo disegnava una traiettoria sinusoidale, come un'onda che gonfiava superba intorno alle mammelle, si ritirava con la bassa marea, si stringeva per infilarsi nell'ansa del punto vita, rimontava impennandosi tra gli spruzzi ampi lungo i fianchi, per frangersi alla deriva finalmente e slittare sinuosa intorno alle cosce cavalline sovente fasciate strette strette dentro gonne troppo attillate.

Involontario certamente il suo fascino imperfetto e irregolare, piccola e vestita senza gusto era dotata di una singolare eleganza, qualcosa di audace e indifeso che convinceva gli altri a non giudicarla.

«Sa se questo dottore è bravo?» la signora aveva sollevato gli occhi dalla rivista e si era rivolta alla giovine seduta vicino alla finestra, senza tanti preamboli.

«No non lo so, io sto aspettando che esca una persona» aveva tirato corto l'altra.

Poteva essere quella una scusa accampata per non entrare nel merito, ma la signora non se ne curò.

«E questa persona non le riferisce del dottore? Non ha mai espresso un qualche commento?» aveva bisogno di una risposta, nei suoi occhi corse un guizzo di scetticismo e di determinazione a ignorare tutto ciò che non fosse solido e tangibile.

«No» fece l'altra alquanto seccata, evidentemente affatto disposta a scendere in campo con la sconosciuta, dalla cui curiosità si sentiva piantonata.

In effetti la nostra signora si recava dallo psicoterapeuta provvista di una disposizione di spirito molto più simile a quella di cui era armata quando si recava dal dentista per le cure dentarie; era suo marito che l'aveva mandata, aveva organizzato tutto lui, di conseguenza a questo punto per lei l'importante era sapere perché si trovasse lì e poi essere sicura che il dottore non facesse male durante la seduta.

Com'è che le aveva detto suo marito? Che era sceso su di lei un velo depressivo, che sembrava che ormai da tempo tutto le fosse diventato indifferente. Che era una cosa grave. E che però si poteva guarire.

Ma no che non si sentiva cambiata lei, e neanche che il profilo delle cose le apparisse amorfo. Forse... ripensò al suo risveglio di quella mattina con la tazza di the in mano e il cucchiaino d'argento che girava e rigirava, il suo sguardo si era perduto dentro il mulinello del the, si era incantata ed aveva avuto la sensazione di venire risucchiata lei, dentro un tiepido e ridicolo gorgo domestico, aveva avuto la sensazione che suo marito in qualche modo avesse ragione; davvero lei si trascinava in un'esistenza crepuscolare dove niente era molto chiaro e molto ardito, dove nessuna cosa valeva più di un'altra una semplice creatura dal sangue annacquato che non faceva nulla.

Poiché lei non aveva mai sviluppato un'idea di sé, al contrario oscillava costantemente in balìa di emozioni e percezioni temporanee, balenii, brevi e casuali istantanee che le rimandavano immagini di sé, scatti, come piccoli calchi che documentavano infiniti passaggi e diverse fermate del suo continuo mutare, come fotografie di un viaggio entro le brevi e corte latitudini domestiche, le parole potenti e definitive di suo marito l'avevano in un certo modo convinta che le cose stavano come diceva lui.

E poi lei credeva a suo marito si era sempre fidata di

lui, forse affidata a lui, la sua rapidità di pensiero, la capacità competitiva che gli riconosceva nell'individuare immediatamente la soluzione di un problema, l'avevano sempre preceduta, ma di parecchio nei suoi tempi di riflessione, così aveva immancabilmente lasciato fare a lui, non aveva mai avuto il tempo di sapere cosa avrebbe fatto lei se fosse arrivata in tempo in una determinata circostanza, una delle innumerevoli.

Eppure lei non si metteva in gara, lei si sentiva contenta di sé, della vita, della sua esistenza crepuscolare, si sentiva a posto; era con suo marito che non riusciva ad essere se stessa, a consistere, a tradursi in pensieri parole e gesti che fossero lei, che dicessero di lei la verità, che non era annacquata per niente, era piuttosto sempre in accordo con le cose, semplicemente soddisfatta, senza aspettarsi nulla; sì è vero in molte occasioni, a tavola durante i pasti soprattutto, lui la rimproverava di attingere nei suoi discorsi ad una inesauribile riserva di luoghi comuni, non c'era dubbio era così che accadeva, tuttavia lei lo faceva esclusivamente per colmare i silenzi, del resto quando si arrischiava su terreni maggiormente impervi e tentava di argomentare le sue elaborazioni o quando solo si sforzava di esprimere un parere anche su fatti concreti, suo marito la demoliva con poche adeguatissime parole, si assumeva l'onere di rivelare la verità sull'argomento in questione e a lei rimandava una sorta di scorante consapevolezza, sempre la stessa, di aver costruito uno di quegli edifici concettuali, forse fantasiosi, ma instabili e inconsistenti come una pagoda cinese.

Nonostante la nostra signora non possedesse affatto abissi di ironia per il semplice fatto di non averne felicemente bisogno, purtuttavia, senza troppo disturbo ormai trovava abbastanza divertente il fatto di essere delusa; ciò le consentiva di mantenere in ogni caso una sorta di apatico buonumore.

Dal corridoio si udì il rumore di una porta che veniva aperta, la giovane signorina seduta si alzò in piedi con uno scatto sollecito per raggiungere la persona che era uscita o forse per sgattaiolare alla svelta dentro quella porta illudendosi così di mantenere un qualche residuo anonimato.

Trascorsi questi rapidi istanti clandestini, immediatamente ripiombò su tutto un silenzio che ingoiò anche gli ultimi passi; come faceva a sapere quando era il suo turno per entrare, si chiese la signora; si sentì inadeguata rispetto alla disinvoltura di quelle manovre sincronizzate che esibivano i clienti abituali; così appoggiò la rivista sul tavolo e si mise a rovistare rumorosamente dentro la borsa di pelle ampia e floscia che aveva appoggiato sul bracciolo, ne estrasse una piccola agenda nera, una specie di quadernetto assicurato da un elastico nero, su un lato, che tolse con un gesto impacciato, la aprì a caso e trovò senza fatica la data del giorno, vi erano segnati in evidenza nome cognome ora e indirizzo esatto del dottore, scala piano ed interno; seguivano due punti esclamativi. Era la scrittura di suo marito.

Richiuse l'agenda insieme al suo sorriso amaro e ai suoi commenti, infilò le sue certezze dentro la borsa e riacciuffò una di quelle riviste specializzate.

Mentre sfogliava venne attratta da un articolo su certe ricerche recenti riguardanti i misteri che avvolgono tuttora il ritrovamento e la controversa sepoltura del cadavere di Adolf Hitler di cui – lesse – sono attualmente conservati in un museo e visitabili quattro incisivi e qualche osso sparso di ormai certa attribuzione.

Lesse con una certa curiosità nonostante la difficoltà del linguaggio tecnico, di alcuni segreti riguardanti lo stato di salute del Führer, c'era scritto che una attenta autopsia effettuata sul cadavere semicarbonizzato, con una buona dose di certezza rivelava che il dittatore, scrupolosamente analizzato anche in parti del corpo che egli non aveva mai accettato di mostrare al dottore, mancava inspiegabilmente della sacca scrotale. La leggenda nera della più malvagia ideologia della razza selezionata, il sostenitore della perfezione del corpo e della superiorità del nazista tedesco, simbolo di virilità e potenza fecondatrice, mancava della sacca scrotale. Questa scoperta poneva un dilemma di difficile risoluzione: il Führer non ne era mai stato dotato o era intervenuto ad un certo punto un qualche accidente?

La signora a dire il vero non si intendeva affatto di politica, non possedeva alcuna idea in merito, semplicemente non ne aveva nessun bisogno, le idee del marito erano talmente fervide e ridondanti che bastavano per tutti e due; a lei non importava granché, in fondo era più comodo così.

Era abituata ad assuefarsi e a non reclamare, a non contare troppo, da sempre trovava faticoso "rivendicare".

Settima figlia femmina, ultima nata dopo una sfilza

di altre sei sorelle sfornate unicamente alla ricerca del figlio maschio, cercato e desiderato con una ossessione che era stata forse l'unica ostinazione capace di tenere in piedi il matrimonio dei suoi genitori; trascorsi circa dieci minuti dalla sua nascita tra gli spasimi della madre era spuntato fuori un gemello piccolo e rugoso come un cucciolo di rettile, sottopeso malnutrito e dal colore incerto ma finalmente maschio, maschio, il principe l'erede la vittoria e la rivincita, la gioia la gloria e vivaddio perché no la fine di tutte le sfortune.

Così lei era venuta su come uno di quei fiori cresciuti all'ombra, aveva imparato ad andare avanti con poca luce, anche senza sole, era sempre stata considerata una delle sette femmine, i suoi bisogni, le sue richieste erano sempre state associate a quelli della sorella più vicina o di quella che le si trovava accanto, così aveva imparato a fare suo ciò che le veniva attribuito, a cercare nelle opinioni e nelle attribuzioni degli altri la considerazione di sé e la valutazione delle cose.

Era stato il modello familiare, non aveva avuto occasione di smentirlo e di sicuro poi andava bene così, lei era capace di aderire perfettamente all'immagine che l'altro si faceva di lei, ancora meglio se quella rappresentava la proiezione dei bisogni e delle illusioni altrui; aveva sviluppato un talento eccezionale nell'individuarsi nell'immagine che l'altro le rimandava di lei come in uno specchio e docilmente facilmente vi consisteva.

A scuola, dove andava sempre vestita con i panni di qualche sorella che la precedeva, quindi senza bisogno di sviluppare un suo gusto, figuriamoci poi la necessità di esprimerlo, di solito conseguiva un rendimento medio non troppo basso da dover essere additata e non troppo alto per la stessa ragione, la difficoltà di venire alla luce.

La succedaneità nella quale si era mossa da sempre l'aveva abituata a vivere una vita da invisibile e col tempo poi aveva imparato a trarre da ciò innumerevoli vantaggi, privilegi li aveva considerati a volte; certo per lei non c'erano premi, d'altra parte il suo comportamento quasi mai difforme dalle aspettative le aveva evitato numerosi conflitti, le aveva annullato il rischio di deludere, di misurare le forze con l'altro, di individuarsi pretendere e farsi criticare, giudicare poi... per quanto si fosse sforzata, per quanti successi avesse conseguito lei non sarebbe mai stata un figlio maschio!

E allora cosa era? Che ci pensassero pure gli altri, rappresentava in ogni caso una soluzione.

Era stata una buona soluzione anche quella di non avere avuto figli; non erano venuti, non era stata lei capace di farli, le aveva spiegato suo marito più di una volta con una tale premura e una gentilezza che l'avevano rassicurata; se non era stata capace di farli probabilmente non sarebbe stata neanche in grado di educarli, forse era meglio così, era stata la mano del destino a guidare gli eventi in quella direzione.

«Sono convinto che possiamo farne tranquillamente a meno!» aveva decretato davanti a lei suo marito, con lo stesso tono con cui avrebbe commentato l'accidentale andata in frantumi del vaso cinese che tenevano in un angolo scuro all'ingresso della casa di campagna.

Così venuto a cessare lo scopo, si risparmiarono l'obbligo di esercitare rapporti intimi; decisione ragionevolmente ponderata che suo marito le aveva comunicato una sera d'inverno molti anni indietro, mentre si nettava il mento dalle briciole di una fetta di crostata alle visciole con cui avevano terminato la cena.

«Non sarà più necessario che io venga ad importunarti inutilmente, mia cara» le aveva detto con un tono liquido e un'espressione affabile; subito dopo aveva posato il tovagliolo sul piatto, con un gesto definitivo aveva spinto indietro la sedia dal tavolo ancora da sparecchiare e ancor prima che sua moglie dicesse qualcosa era uscito dalla stanza.

Lei era rimasta in silenzio a guardare la sedia vuota, poi lo sguardo era scivolato e si era concentrato sul pavimento; una farfalla dalle ali color cannella stava tentando a fatica di spiccare il volo, di staccarsi da terra, le ali chiuse sembravano incollate, il suo esile corpo fremeva scosso da forzate disarmoniche convulsioni, impegnato in uno sforzo inutile nel tentativo di salvarsi, il suo corpo fragile si opponeva al peso dell'aria continuava a picchiare a dare colpi al vuoto, opponendo le sue invisibili antenne con l'ostinazione di un ariete che insista ad abbattere un muro. Stava morendo e quella sua penosa agonia sembrava possedere tutto intero il respiro della stanza; forse travolta dall'urto della sedia la farfalla languiva, lei non riusciva a cessare di guardarla, le sembrava di sentire una specie di canto, un urlo languido e tragico; senza saperlo la trasfigurò, con un gesto incerto e dedicato si chinò su di essa cercò il modo di raccoglierla senza sfiorare le ali, si era tolta una forcina dai capelli, con quella sollevò da terra la farfalla e con la massima delicatezza, con passo fermo la portò alla finestra, socchiuse solo un'imposta, subito da fuori si insinuò un vento gelido, come una sciabola tagliò l'aria satura di fumo di vapori e di traspirazioni, la farfalla aggrappata alla forcina non si mosse, neanche un fremito, la signora allungò allora il braccio dentro la nebbia e accennò un leggero colpo con la mano, una spinta per incoraggiare la farfalla a volare, quella senza aprire le ali si lanciò giù come da un tragico trampolino e cadde nel vuoto ingoiata dalla nebbia. Senza guardare, la signora ritirò il braccio in fretta e la chiuse fuori sperando che quella notte almeno il freddo potesse un poco riscaldarla.

Nella casa in campagna che suo marito aveva comprato e dove le prometteva che sarebbero invecchiati insieme davanti al caminetto lei a sferruzzare e lui a leggere il giornale c'era tanto spazio, ci sarebbe stato posto per figli e nipoti, invece niente, quando vi si recavano molte stanze rimanevano disabitate chiuse e fredde, loro due abitavano perlopiù la stessa stanza; il caminetto sputava fuori sempre fumo, c'era qualcosa che non andava non si riusciva a individuare cosa, solo che mancava il respiro a starci davanti e poi lei a dire il vero non sapeva per niente lavorare a maglia, forse non le era mai neanche tanto piaciuto.

Fuori da quel modesto tempio domestico tuttavia, un'estate, aveva cominciato a coltivare un piccolo giar-

75

dino; era diventato il suo amato orto di rose, sapeva di buono, lei vi rimaneva così a lungo che certe volte smarriva la nozione del tempo.

Il giardino ricchissimo di fiori non mostrava una geometria regolare, piuttosto conservava un aspetto selvaggio, una fioritura regolare e senza ricercatezze, sebbene, al contrario, curatissima.

Tutt'intorno al giardino correva uno stretto sentiero ombreggiato d'estate da una pianta di glicine in fiore che aveva resistito allo stato di abbandono in cui la casa all'origine versava.

La pianta che arrampicava robusta sul muro di pietra della vecchia stalla era tornata talmente rigogliosa da stendere i suoi rami come braccia arse, tutto intorno, sopra, di fianco al giardino.

D'estate i rami cedevano sotto il peso di grappoli carichi di fiori che sbrodolavano lungo la parete di pietra; abbarbicati addosso alle crepe, ricadevano generosi come un fuoco di artificio verso terra; durante la sua passeggiata la signora si trovava a passare lì proprio lì sotto, i grappoli generosi allora le lambivano le guance morbide, le carezzavano la testa, si perdevano fra i capelli, pendevano sulle sue spalle lungo il collo, lo ornavano simili a preziosi orecchini pendenti e colorati, così confusa tra la natura, immersa nel fogliame dentro una cornice floreale alla penombra di una luce che filtrava violenta solo a macchie rade, al centro di uno scenario pastorale perfetto per il dramma della vita umana, durante quel suo ornamentale passaggio in mezzo a cespugli di lillà e di citiso la donna si sentiva come tramutare nel fulgido, matronale soggetto di un quadro del Botticelli.

Le piaceva tanto! La signora rallentava persino il passo di proposito per prolungare quell'attimo glorioso.

Si sentiva beata dentro il suo intreccio fiorito, non si sentiva incerta, non si sentiva sola; aveva seminato in quella terra i suoi fiori preferiti, non poteva dimenticare la gioia immensa che aveva provato la prima volta che erano fiorite le sue adorate genziane!

I fiori si schiudevano alla luce volentieri, sembravano obbedire a lei sembravano volerla compiacere sembravano riconoscerla, lei non doveva fare nessuno sforzo.

All'ingresso del giardino un cespuglio di ginestrella gialla faceva da trono alla rosa canina, la terra feconda e trattata con ogni cura le regalava margherite bianche e gialle, rilucenti giacinti dai petali multicolori, eleganti ciclamini dimoravano insieme a delicate pervinche e ai fiori di convolvolo, persino i papaveri, seppure per poco tempo, vivevano in uno spazio che la luce lambiva generosa, maturavano in mezzo a uno scapigliato cespuglio, le bacche rosse della dulcamara, i suoi fiori viola e gialli gotici e superbi simili a musi di aquile si trasformavano come streghe magiche attraenti e velenose in bacche rotonde e gonfie, lisce come turgide gocce di sangue color rubino invitanti e ingannevoli. Allorquando non vi fu più spazio per seminare a terra, la signora creò una sorta di pergolato di piante di caprifoglio, su cui arrampicavano rose candide, piccole foglie di vite e delicate trasparenti campanule color lilla, il cui stelo sottile come un laccio si allungava si aggrovigliava si attorcigliava simile a un serpentello attorno alle piante dalle foglie sempreverdi.

Dall'alto poi pendevano graziosi vasi ampi come ceste su cui svettavano spumeggianti arbusti di felci, tremule piante di capelvenere nonché esili fusti di melograno i cui pomi piccoli come ciliegie, spuntavano nella stagione fredda nascosti in mezzo a foglioline minuscole dalla forma tondeggiante.

In un angolo del giardino poi, una cascata di rincospermo celava e scopriva una graziosa fontanella di terracotta il cui continuo sciabordio dei rigagnoli di acqua che canticchiavano senza sosta tuffandosi pigramente nella piccola vasca al di sotto, rendeva l'aria circostante allegra e romantica.

Sicché il giardino si era trasformato in un ampio ombrello foderato di purpurea bouganville, una nicchia protettiva, una cappella profumatissima dove la luce ondeggiava mossa dal vento. Uno spazio felice dove via via che l'occhio sfiorava i colori e gli odori, tutt'intorno quelli sprigionavano un'armonia che si poteva ascoltare, una sinfonia di sfumature diverse, vivaci timide briose delicate e fracassone; una musica da vedere come se una mano via via toccasse i tasti di un pianoforte e ne facesse sortire una inaspettata variopinta melodia.

Era come se nella coltura dei fiori, in quel giardino, tutte le facoltà emotive della nostra signora avessero subìto un'accelerazione generale.

Quel giardino era l'unica creatura, l'unica cosa che ella avesse fatto in vita sua da sola, l'unica che potesse dire la verità su di lei, una piccola terra libera e svincolata, una zattera adorna e fortunata dove lei esisteva placida e senza fatica, il luogo in cui aveva raggiunto il suo punto di massima comodità. Amava i fiori tutti i fiori, i cardi come i ranuncoli, amava ogni espressione della vita, gradiva la vita, le piaceva ogni singola offerta, le riusciva semplice accettarla; non era capace di riflettere su di sé, non c'era abituata, non si conosceva, forse non tentava di farlo, aveva sempre seguito indicazioni; lei era un fiore cresciuto all'ombra e ora il suo giardino, la sua stanza tutta per sé ospitava luce e ombre, c'erano fiori nobili e rari, c'erano anche fiori selvatici, semi che il vento o qualche uccello le regalava e lei accettava e curava con quella facile accoglienza che spesso molti scambiavano per sottomissione o per una incurabile mancanza di volontà; quel giardino diceva di lei, dentro quell'accadimento di poco conto erano stipati sentimenti e vocazioni che tutta la vita e nessuno era riuscito a svelare, o meglio a lasciare che si svelassero; con una formidabile intuizione del tutto involontaria aveva addirittura regalato il primo narciso sbocciato nel giardino, a suo marito!

La sua piccola cattedrale colma di farfalle era stata edificata e lei ne era l'artefice, forse da questo avrebbe potuto ricominciare.

«Buonasera signora, mi perdoni, il suo nome?»
Il silenzio che l'avvolgeva era stato infranto, la nostra signora ebbe un leggero sussulto, come fosse stata colta

nel sonno, non aveva udito avvicinarsi i passi, sollevò il capo dal giornale e con stupore si rese conto che la sala era vuota; da quando? Qualcuno aveva parlato, le aveva chiesto qualcosa, si voltò con un certo ritardo in direzione dell'ingresso, sulla porta era apparsa una figura poderosa, un uomo sulla sessantina, grasso più che robusto, un panciotto di lana nero abbottonato per metà conteneva senza successo una grossa pancia autorevole non molle però, anzi portata con una certa disinvoltura, nonché nascondeva un paio di larghe bretelle color grigio ferro; qualcosa che ricordava la corporatura pachidermica di un tenore o la raffigurazione di Babbo Natale, sennonché una vistosa capigliatura scura e una lunga barba folta e nera facevano corona ad una incipiente calvizie che scopriva due occhietti piccoli e scuri anch'essi e uno sguardo acutissimo di cui un paio di occhialini rotondi calati sul naso non limitava certo l'efficacia; anzi attribuiva a costui una certa aria intellettuale e curiosa da scienziato inventore.

Quando la signora riassestatasi con una certa difficoltà, le era scivolato di mano il giornale un paio di volte, ebbe raccattato la borsa, i guanti e insieme la sua lucidità, l'uomo aveva appena terminato di presentarsi, tuttavia seguitava a mantenere il braccio teso verso di lei senza mostrare alcun cenno di impazienza nonostante un colpevole slabbramento dei tempi evidentemente dovuto alla inconcludenza della signora che non accennava a togliersi dall'impaccio.

Era lui il dottore col cognome spagnolo scritto da suo marito sull'agenda, finalmente la signora riuscì a

ricambiare la stretta di mano mentre con l'altra stringeva la borsa ancora aperta contro la pancia, «Mi chia-
mo Zelda» disse con uno sguardo innocente e un poco
infantile e poi subito si confuse un istante, abbassò gli
occhi, forse avrei dovuto dirgli anche il cognome, le era
venuto il dubbio di aver sbagliato, poi aveva ritirato la
mano con un gesto di goffa risolutezza e dopo che il
dottore ebbe avviato la sua mole troneggiante per farle
strada fino alla stanza in fondo al corridoio, lei con la
testa china e procedendo con piccoli brevi passettini
discreti, docilmente si dispose a seguirlo.

3

Ci voleva quel gran vento! Con una furia così c'era
da sperare che avrebbe spazzato via quelle nuvole bru-
ne gonfie di acqua e quell'aria umida dal respiro asma-
tico che faceva sudare anche ad autunno inoltrato.

La raffiche scrollavano i rami umidi dei mandorli nei
giardini delle ville, ramoscelli e ciuffi di erba e foglie
secche turbinavano fino sui marciapiedi, si inseguivano
in mulinelli così veloci da sfiorare appena, nella fuga,
l'asfalto.

Navigava contro vento quel pomeriggio, ergendo-
si tra le vele spiegate del suo spolverino double-face,
gonfio di vento, la signorina Else; con un tempo simile
avrebbe potuto starsene a casa, prima di uscire a dire il vero, era rimasta seduta tutta vestita sullo sgabel-
lo dell'ingresso vicino all'armadietto del telefono per
un bel po' senza prendere una decisione ma poi aveva
avuto timore di arrivare in ritardo all'appuntamento ed
era finita per uscire in anticipo per timore di perdere
l'autobus e ora arrancava alla svelta contro il vento per
timore di prendere la pioggia.

Timori, erano quasi sempre i suoi timori che la spingevano a prendere le decisioni; negli ultimi tempi era stato il timore per sé, per la sua vita, il timore che la sua, diventasse una di quelle esistenze perdute che il tempo ha ridotto a una crosta dura che non reagisce e non cede, a persuaderla a tornare dalla dottoressa.

Si erano incontrate qualche volta, durante le sedute lei aveva iniziato a parlare di qualcosa che non andava, avrebbe voluto raccontare la sua storia ma poi non riusciva a ritrovare i ricordi, aveva la sensazione di frugare tra la cenere, eppure in qualche modo raccontava di sé ma ancora solo qualche informazione periferica, che non riguardava gli aspetti intimi più profondi, durante gli incontri con la dottoressa si sentiva come se passeggiasse sugli anelli intorno a Saturno, le sembrava di procedere a fatica per rimanere sempre alla stessa distanza spirituale da lei; ci sarebbe voluto del tempo.

Tuttavia c'era una tentazione e forse un grappolo di emozioni acerbe insorte intorno ad essa, che la spingevano a continuare, ad insistere, una sorta di attrazione restaurata per quel luogo, forse per quella sorta di promessa che conteneva o forse perché lei Else non intravedeva nessun'altra opportunità; la solitudine le andava a genio dunque non si trattava di quello, era però accaduto qualcosa nel cervello per cui le cose vicine le apparivano indistinte, non riusciva a mettere a fuoco il tempo presente; era accaduto poi con qualche probabilità che alla morte del padre, l'ultimo testimone della sua storia, l'unico che la conoscesse così come lei, si era ritrovata a rigirarla lei tra le dita quella sua storia, a tenerla tra le mani e si era sentita terribilmente sola. E ora?

Era stato come se il padre le avesse ceduto tutto il suo peso, non si era portato via con sé una parte del passato, al contrario glielo aveva restituito crudo e insopportato, glielo aveva lasciato in eredità senza dolcezza e senza rispettare i ruoli, perché Else negli ultimi tempi era diventata per lui la madre di sua figlia. Il tempo lui, insavio, l'aveva storpiato, offeso l'aveva fermato, incarognito in un rimpianto ostinato e rugginoso, una ostilità rabbiosa e rozza, scontrosa e rivendicativa, come una muffa, la pretesa esacerbata di un risarcimento dovuto e mancato per la bestemmia blasfema che la vita gli aveva scagliato addosso, gli aveva corroso l'esistenza, fino alla fine, ridotta com'era in avaria. Per nulla d'esempio lui a segnare la strada a mantenere acceso il faro; il rimpianto non l'aveva tenuto in vita, non lo aveva servito bene, non era bastato ad abbeverare il suo futuro, l'aveva inondato e lui aveva lasciato che quello distruggesse la sua dimora, i suoi anni; spento il faro, le sue cornici erano rimaste vuote, abbassati gli occhi non aveva dipinto più quadri, scenari da appendere alle pareti dei suoi giorni nuovi, appena sorti già scarabocchiati già segnati già vinti; il rimpianto a lui non era servito a nulla.

E allora?

Magari fosse venuto giù un temporale, c'era una tale attesa nell'aria!

Sull'ultimo tratto di strada in salita, dentro a una nebbia di polvere aizzata dal vento, Else aveva intravisto a terra un uccello morto abbandonato con le ali ancora semiaperte dentro un cerchio di foglie secche, il vento aveva risparmiato quel suo letto selvatico e pietoso o forse era stato proprio il vento a scaraventarlo giù sul marciapiede, a stroncare il suo volo, era stato proprio il vento, aveva creduto Else, a mostrare a lei il breve e cinguettante nulla che era stata la vita di un passero.

Era successo. Nelle ultime settimane si era creata invero una sottile frattura nella sua ostinata decisione, una incrinatura nella sua contorta teoria che le aveva impedito di chiedere aiuto; adesso attraverso quella fessura sarebbe potuta uscire come veleno da una ghiandola qualche stilla di quell'oceano di dolore e di rabbia che trasudava da ogni suo educato rifiuto di farsi aiutare, di confidarsi, di farsi toccare; non c'era in questo anche il timore che una seppur piccola emorragia di dolore l'avrebbe derubata della sua linfa amara? svuotata del suo liquore vitale come una bambola di pezza lacerata nella pancia a cui fossero stati strappati gli stracci? Povera bambola!

Ma poi no, compianta no; davvero il timore di venire compatita era così forte così persuasivo da costringerla a negare anche a se stessa la trama di quegli stracci, il sapore amaro di quel liquore, l'antidoto proibito di quel veleno.

Il timore di essere diventata impermeabile l'aveva spinta fin lassù, adesso un timore gemello e contrario si affacciava non meno allarmante, era quello della sua eventuale rischiosa permeabilità.

Invece perfino bella l'aveva trovata la dottoressa, se l'era vista arrivare tutta scompigliata con i riccioli spettinati arruffati pieni di vento, le gote rosse accaldate; aveva guardato i suoi occhi blu infiammati e tristi, uno sguardo supplice le era sembrato, ma anche più deciso più presente.

Ansimava un poco per l'affanno, la foga di doversi sbrigare, di arrivare in tempo, aveva tirato fuori dalla tasca del soprabito un fazzoletto bianco e si era strofinata prima il palmo di una mano poi l'altro per asciugare l'umidità mentre si profondeva a scusarsi per il ritardo, non era nemmeno sicura dell'ora; aveva l'aria di una ragazza che fosse arrivata fino là dopo una corsa in bicicletta; questa immagine aveva visto la dottoressa, questo le era parso fosse trapelato da quella esile impercettibile crepa da dove stavano guardando in due, anche se Else non se ne accorgeva.

Fu la dottoressa immediatamente dopo a scusarsi con lei, c'era da aspettare, una serie di contrattempi avevano causato uno scivolamento dell'orario.

Non era grave, avrebbe atteso tanto lei non aveva nulla da fare.

Else rimase in piedi con le mani in tasca sulla porta della sala d'attesa, dove un'unica presenza umana, un signore pluridecorato, sonnecchiava seduto su una sedia, eretto sulla schiena, rigido come carne congelata, senza neanche poggiare il capo senza crollare, un sonnellino vigile una breve concessione che escludeva ogni cedimento del corpo, fatta eccezione per la fuga di un fischio acuto e gutturale emesso a intermittenza regolare e preceduto da un rantolino breve secco e mozzato; il pluridecorato sembrava autoalimentarsi con una serie di brontolii e di mormorii, c'era qualcosa di osceno in quell'immagine così poco viva, in quel lieve offuscamento della sua abituale dignità, un contrasto che sortiva in quel contesto un effetto ridicolo quasi caricaturale. Else non si sedette per il timore di svegliarlo, si convinse piuttosto a passeggiare lungo il corridoio. Era piena di pensieri, quel banale inconveniente al suo arrivo aveva fatto sì che l'incontro con la dottoressa si svolgesse in modo del tutto casuale, uno scambio cordiale di gesti e parole quotidiane inaspettate, riscaldate dall'urgenza di scusarsi, di sbrigarsi; aveva provato il piacere semplice e involontario di comunicare senza accorgersi di farlo, senza alcuna gelida formalità, senza distanza di sicurezza senza precauzioni. Erano quelli, istanti di libertà dalla coscienza, un tempo accordato in cui lo strato superficiale delle cose senza far rumore scorre senza intoppi sulla via.

Pensò allo slancio con cui un tempo si tuffava nelle conoscenze nuove, nel gioco nella corsa nel cibo nelle risate, le tornò alla mente come nella sua estroversa e generosa dichiarazione d'amore alla vita aveva separato da sé il mondo dei grigi, preso le distanze da quegli adulti chiusi rigidi e senza sogni, convenzionali e irraggiungibili, il mondo di coloro che sfiduciati bastano a se stessi e disillusi ruotano solo intorno alla propria vita.

E adesso lei? non era forse finita da qualche parte laggiù? Temeva di essersi persa alla fermata sbagliata di aver smarrito la strada di essersi allontanata troppo; non si stava forse incamminando lei in compagnia di coloro che dimorano in mezzo alla nebbia?

C'era stato un tempo che aveva perduto e che non riusciva a ritrovare e c'era un dopo, un presente che non amava e che perdeva ogni giorno aspettando solo che passasse. Come il suo corpo che in quell'attesa deambulava nel corridoio, il suo spirito si agitava in un non luogo una stanza di passaggio, priva di conforto, senza dimora. Non era stato il dolore e la delusione del passato a cambiarle la vita, era stato fermarsi a quel dolore, considerarlo insuperabile e costruire intorno alla perdita subita una sorta di sepolcro, dedicare a quello una tomba da onorare, da frequentare per ricordare; ogni giorno lei portava un fiore all'altare della sua tristezza, aveva addobbato il suo lutto credendo di prestare fede ad una vocazione aveva passato il tempo a tentare di rinnacciare la sua esistenza lacerata sbrindellata, a specializzarsi nel suo compassionevole ricamo per abbellire la sua rabbia, ma così era come se avesse fermato il tempo a quel tempo memorabile, aveva bloccato se stessa a quell'ora fatale inchiodato il movimento, il passaggio del tempo, timbrando ogni istante con il segno del rimpianto; piuttosto che seppellire il passato aveva familiarizzato con i becchini del suo tempo felice. Li aveva corrotti li aveva invitati ogni giorno alla sua tavola, tuttavia non era bastato no, non era servito a nulla.

Tutto fermo adesso tutto calmo, tutte le barche legate al molo nessuna salpata, nessuno lasciava il porto nulla si muoveva tuttora, ogni oggetto trattenuto ogni nemico presente, nulla del tempo trascorso trasformato in memoria, nessun istante vissuto lasciato andare lasciato scorrere restituito al passato considerato a distanza.

Tutto fermo. E lei, adesso lei era rimasta da sola a sorvegliare le barche al porto.

Alla fine del corridoio aveva scoperto un piccolo stanzino chiuso da una porta scorrevole che a mala pena si distingueva dall'intonaco del muro e proprio ad angolo con la porta in fondo al corridoio, quella con la maniglia bianca antica che trovava così bella.

Non si era mai accorta di quello stanzino, in effetti non si era mai spinta fino lì; rimase incuriosita in modo particolare, provò dapprima a chinarsi si sporse appena in avanti per sbirciare dentro, si mosse con una titubanza più esibita che reale, si sentiva allo scoperto e temeva che qualcuno la sorprendesse; tuttavia da quella posizione non riusciva a scorgere nulla era buio lì dentro così, senza indugi, cogliendo di sorpresa anche se stessa, si guardò intorno e senza darsi il tempo di far crescere l'apprensione e lo scrupolo, strinse a sé le ali dello spolverino, si fece sottile trattenne il respiro e con passo aereo quasi senza toccare terra si infilò dentro, senza sapere dentro dove.

Si fece tutto scuro una volta entrata e prima ancora di riuscire a vedere, fu avvolta come in un velo da un profumo dolce di legno e di carta, non c'erano finestre ma dalla fessura della porta filtrava una luce naturale così quando i suoi occhi si furono abituati alla penombra, si rese conto di trovarsi in una sorta di biblioteca, un tunnel profondo dal soffitto altissimo le cui pareti erano interamente ricoperte di scaffali, scaffali di legno fino al soffitto pieni zeppi di libri ordinatamente allineati, poi scaffali di riviste, illustrazioni antiche manoscritti originali; si avvicinò con cautela a quelli, la carta profumava intensamente provò a sfiorare un foglio era robusto e consistente, lo accarezzò lo palpò delicatamente, non frusciava quasi scrocchiava, c'erano scritte parole che raccontavano della pianta del papiro da cui tremila anni prima di Cristo gli Egizi impararono a ricavare la carta; sorvegliò la porta ma senza trepidazione non si udiva alcun rumore, così si dedicò a sfilare un foglio di carta pergamena molto pregiata a quanto pareva, c'era scritto che era stata ricavata nientemeno dalla pelle dei vitelli nati morti.

L'odore i colori il fruscio della carta la affascinavano, aveva sempre avuto una passione per la carta così, con maggiore ardimento, prese in mano alcuni fogli su cui incantevoli illustrazioni dell'antica Cina mostravano il processo di produzione della carta dagli stracci e dalle reti da pesca e poi dalla corteccia dell'albero del gelso da carta; quei fogli portavano scritta addosso tutta la storia della carta e poi i suoi viaggi il suo arrivo in Europa attraverso gli Arabi, furono loro a introdurne l'uso, la Sicilia sotto il dominio islamico fu forse la prima terra europea in cui venne costruito uno stabilimento per trattare i cascami del cotone.

Lesse tutto questo con un certo ardore come si trattasse di una lettura proibita sbirciata in clandestinità. I libri le storie della storia erano scomparsi dalla vita della signorina Else, si addormentava sui racconti, sul giornale, sulla pagina scritta. Dentro quello spazio nascosto e incalcolato all'oscuro di tutti eppure così carico di suggestioni bisbigliate, aveva sentito resuscitare la curiosità l'interesse l'attrazione per le storie, tutte le storie narrate, i racconti che venivano da lontano le avventure degli altri il mondo sconosciuto che le sembrava non la riguardasse più non le appartenesse più non la raggiungesse più.

Forse, aveva cominciato a soffiare sulla cenere. Alzò gli occhi, libri ancora libri fino al soffitto incisioni, antichi oggetti di legno piccole tabacchiere lavorate a mano riproduzioni di armi miniaturizzate, persino stoffe di seta su cui erano stati dipinti antichi scritti; era sopraffatta, quel luogo così privato così ricco così nutrito, era in grado di evocare una tale ampia e calda messe di viaggi luoghi ricordi atmosfere storie e passioni e studio. La dottoressa le aveva raccontato che il marito aveva viaggiato in tutto il mondo e amava moltissimo leggere, aveva letto migliaia di libri.

C'era lì dentro un universo organizzato sorto dal Big Bang della vita di qualcuno che si è messo in viaggio e ha riportato a casa i mille universi felici ma anche infelici nati dalle migliaia di Big Bang di migliaia di altri viaggiatori e poeti che hanno visto, hanno scoperto e hanno riferito, hanno scritto e piantato alberi della conoscenza della bellezza e della consolazione.

Lo spazio buio e sigillato, come un lampo aveva squarciato l'orizzonte e mostrato a lei quanto sconfinato fosse e, in confronto, quanto angusta la sua dimora abituale, in quale ristretto e oscuro angolo si fosse abituata a vivere.

Attratta dal titolo scelse un libro da sfogliare; in un lume di verità era riuscita a misurare, senza pena di sé, la dimensione di una distanza incalcolabile e sgradita nella quale la sua esistenza scoloriva come un'alba, tuttavia non poté fare a meno di provare un senso di gratitudine per quell'offerta purissima che in qualche modo l'aveva privilegiata eccome, si sentiva povera ed eletta allo stesso tempo.

Richiuse il libro e restò per qualche istante a lisciarne la copertina. Tutto ciò esiste – pensò – anche adesso esiste nonostante tutto. Sulle labbra le vagava uno strano sorriso come di chi mentalmente si stesse ancora trastullando su un piacevole accadimento appena occorso.

Tutto il mondo brulicava di vita, le pareva di sentirne il fremito; era così, così in ogni luogo altri si azzardavano a vivere nonostante tutto; ogni mattina all'alba riavviavano la giostra e aspettavano che qualcuno salisse con loro e cominciasse a girare nel cerchio mistico della grande illusorietà del vivere; ogni giorno da qualche parte del mondo in un piccolo villaggio gli indigeni di un'antica tribù si facevano belli solo per piacere alla loro anima; aveva dimenticato della vita tutto le pareva, cose facili come i sapori e cose difficilissime come gli abbracci, i contatti, aveva dimenticato di vivere, lì dentro aveva avuto come un avvertimento di quella afasia silente, lì dove della vita arrivava il racconto i messaggi pacifici e febbrili, curiosi dannati, arrivavano gli avvistamenti incredibili e sconosciuti.

Tutto si muoveva al di fuori di lei tutto scorreva altrove, il mondo si agitava cantava si lasciava turbare si consolava gioiva; una schiera immensa di persone avrebbero ballato e mangiato al tramonto sui prati del giardino dei ciliegi all'inizio della primavera, si sarebbero amati e lasciati all'ombra di trentamila ciliegi in fiore. A lei pareva di stare a guardare tutto questo dalla parte opposta della sponda, ferma sul molo in piedi a sorvegliare le barche da sola. A lei parve di vedere i suoi pensieri fermi in equilibrio sospesi nell'aria e che l'aria in quel momento fosse così distillata rarefatta e così linda che l'io potesse espandersi e dilatarsi e sporgersi senza rischio e senza sopportare il peso del peso. Ne ricavò una sorta di ascetica ebbrezza pomeridiana. Si portò le mani al volto come se volesse lavarsi con quell'aria e fu come se quel gesto si fosse trascinato dietro, come la macchina degli sposi i barattoli chiassosi, qualcosa che aveva rotto il silenzio, qualcosa che le sembrarono singhiozzi, singhiozzi sicuro, dapprima ne rimase turbata come se qualcuno avesse attentato alla sua torre di silenzio e di carta. C'era qualcuno dall'altra parte, adesso al pianto si erano aggiunte le parole un discorso strozzato, qualcuno, una donna parlava con un tono di voce querula e lamentevole dall'altra parte della parete di libri di fronte a lei.

Else sentì crescere in petto una colpevole agitazione, la sensazione che si fosse compiuto qualcosa come un atto sacrilego, qualcosa per cui adesso si sentiva costretta a provare uno strano pudore, l'insorgere di qualcosa che la metteva in contatto con il mistero.

Come funziona la mente, era questo il titolo del sostanzioso volumetto che, con una sorta di voluttuosa

94

trepidazione e senza autorizzarsi estrasse dallo scaffale; la manovra di rimozione mise in fuga una farfallina grigia trasparente che evidentemente abitava al buio nella polvere degli interstizi, disorientata quella si mise ad aleggiare intorno alla nuca della signorina Else; non appena il volume fu sfilato i libri accanto subirono un modesto smottamento, lentamente si addossarono e conversero l'uno con l'altro; un cono di luce ne venne fuori e riempì lo spazio rimasto vuoto.

La signorina Else vi infilò lo sguardo dentro e con stupore si trovò di fronte la scena che si stava svolgendo nella stanza accanto.

Immediatamente ebbe l'istinto di nascondersi, temette per se stessa, si accucciò sotto lo scaffale e vi rimase per qualche istante; la farfallina della polvere la raggiunse immediatamente anzi volò giù dietro a lei, vagava intorno al suo naso lo sfiorava e vi si infilava ora in una narice ora nell'altra con un volo corto, una staffetta frenetica, sembrava rivendicasse qualcosa, presumibilmente l'insetto era stato abbondantemente disturbato a causa di quella rimozione forzata che doveva aver interpretato come una sorta di sfratto esecutivo.

Scomoda e molestata senza requie da quel minuscolo tormento, sotto modesta tortura dunque, la signorina Else si convinse che quel suo punto di osservazione si trovava in una posizione favorevole poco rischiosa, così liberatasi dell'insetto sporse di nuovo il capo.

Attraverso la fessura vide chiaramente una donna che si stava asciugando gli occhi con un fazzoletto, seduta di fronte ad una piccola scrivania austera e senza fronzoli piena di libri; dietro la scrivania seduto su una sedia di pelle rossiccia dallo schienale piuttosto alto, un uomo assai corpulento, il viso pallido e pieno, emergeva da una barba foltissima che potenziava il suo aspetto autorevole, evidentemente – si disse – era il dottore con il cognome spagnolo, anche se non l'aveva mai incontrato, la donna invece la conosceva l'aveva vista diverse volte in sala d'attesa, era una donna piacente, aveva notato che vestiva sempre in modo singolare, esibiva con assoluta noncuranza abbinamenti spericolati, un'eleganza pacchiana che tuttavia possedeva una sua sfacciata appetibilità.

Alla signorina Else era apparsa una donna ingenua solare affabile, piuttosto spigliata, del tutto estranea al girone dei sofferenti, di quell'esiguo drappello di umanità che ogni settimana era destinato a ritrovarsi alla stessa ora sulla stessa sedia per lagnarsi a pagamento delle cose che non vanno, le stesse cose a cui andrà incontro la settimana successiva appena uscito di lì.

In altri momenti quando Else l'aveva vista arrivare, abbigliata con uno dei suoi imbarazzanti tailleur attillatissimi di un improprio color rosso porpora e oro o verde canarino e tenere in equilibrio sulla testa, come brocche, uno dei suoi scellerati cappellini in tono con le scarpe e conciata in modo così eloquente, salutare tutti di buon animo sfoderando quel suo sorriso decorativo, aveva pensato che quella donna portasse dentro di sé, nel suo piccolo corpo un po' volgare e forse irresponsabile, una consapevolezza sprezzante e perfettamente lucida dell'impressione che produceva.

Ora invece quelle lacrime che scorrevano semb
no aver trascinato con sé tutta la sua felicità.

«Adesso va meglio» la donna aveva smesso di asciugarsi gli occhi e stava riponendo il fazzoletto dentro la borsa
di pelle turchese in tono con un paio di scarpe décolleté.
«Va molto meglio.» La sua voce era tornata calma.

«Le capita spesso di piangere?» fece il dottore; aveva
preso dal taschino del panciotto un sigaro, lo faceva
rotolare con estrema lentezza sopra il piano del tavolo.

«No affatto, io non mi comporto mai così, non mi
capita di piangere... e poi davanti a qualcuno! A dire
la verità dottore, lei sta conoscendo una persona che
neanche io conosco, ma il fatto è che qui da lei io riesco
a dire ad esprimere, sì ad essere me stessa, è come se
qui da lei dottore io trovassi una specie di torcia che fa
luce in garage, che dico... illumina la mia casupola o almeno...» si interruppe e sorrise, un sorriso di schermo
come di chi avesse il timore di annoiare.

«Vada avanti la prego» il dottore accese il sigaro con
un fiammifero di legno e aspirò profondamente una
boccata.

«Mio marito» per qualche istante le sue parole rima-
sero sepolte da una densa nuvola di fumo dolciastro;
non appena il volto della donna riemerse e tornò a fuoco, sembrava avesse un'espressione divertita «lui sostie-
ne che io sono depressa, credo voglia dire che sono malata perché dice lui sono apatica, tutto mi è indifferente
allo stesso modo; mio marito dice...»

«E lei che cosa ne pensa, a me interessa conoscere cosa dice lei» il dottore la guardava negli occhi senza mai

distogliere lo sguardo sembrava molto attento e aveva un modo di parlare anche molto accogliente.

«Io dico di no di no, mio marito mi accusa di accontentarmi di tutto passivamente di non cercare più nulla, di vivere di piccoli piaceri meschini e insignificanti; per me non è così.» Quando parlava del marito la sua voce mutava, assumeva un tono di mite pedanteria.

«E com'è per lei Zelda?»

«Non sempre allo stesso modo dottore, durante il giorno le cose cambiano continuamente, voglio dire, il teatro umano, come dice mio marito, muta sfondo in continuazione cambia, anche dentro, completamente; qualche volta dottore lo sa? mi vengono incontro attimi deliziosi capitano momenti divini, così eh! magari entrando in una stanza o mentre sto affettando il manzo, istanti in cui dico a me stessa Ecco è successo adesso!, sono come delle albe dottore, così chiare e luminose, mi riempiono il cuore; a volte magari succede il contrario ma è ugualmente sorprendente, in certe occasioni quando tutto è predisposto, c'è ogni ragione di felicità, non capita niente non c'è felicità; tutto è piatto e basta. Ma per me va bene, tutto questo a me va bene, in qualche modo sono sempre in accordo con quello che accade è normale che vada così non possiamo decidere noi e questo è un grande vantaggio, non parlo del destino no, ma di certe situazioni dell'esistenza, se potessi scegliere, comunque io non scarterei i momenti della vita infelice, non perché tutto mi è indifferente glielo assicuro; una volta mio marito disse Siete tutti come mosche che cercano di trascinarsi oltre l'orlo del piattino; forse siamo tutti così» e lo ripeté come se si sforzasse di trovare una formula per rendere sopportabile quell'agonia «misere inutili mosche tribolanti. Mi sono sforzata di vedere me, gli altri come una mosca che cerca di issarsi fuori dalla marmellata o qualcos'altro di appiccicoso.» Fece una pausa come se avesse infilato un sentiero fuori mano incolto e abbandonato e si stesse domandando come avesse fatto ad arrivare lì. Poi alzò il capo e ficcò lo sguardo dentro gli occhi del dottore, lo scrutò con attenzione meticolosa, aveva uno sguardo interrogativo, fece il gesto di strizzare appena gli occhi come se dovesse prendere delle misure, trascorsero attimi silenti in cui il suo volto modificò visibilmente sembrava si gonfiasse, i suoi occhi si dilatarono; di colpo prese fiato sollevando le spalle per aiutarsi, il contraccolpo sul torace fece rimbalzare le mammelle e dopo una serrata apnea, senza preavviso cacciò fuori tutta insieme l'aria, scoppiando in una irrefrenabile risata; rideva di gusto rideva e il fragore della sua risata aveva sfasciato intorno a sé l'atmosfera tutta, aveva rottamato le buone maniere sfidato la confidenza e la logica. Rideva senza tentare di fermarsi con la stessa libertà e uguale sensualità con cui prima aveva pianto; mostrava un'espressione leggermente dissoluta, divertita e indicibilmente divertente.

Quella donna è emozione pura, aveva pensato la signorina Else di sentinella dentro il suo piccolo faro e l'aveva profondamente invidiata; in quello, che lei considerava un luogo di impervia e scomoda confidenzialità, quella donna pareva aver raggiunto la più esultante sconclusionata blasfema beatitudine.

«Cosa la fa ridere così tanto?» Il dottore si era lasciato coinvolgere in qualche modo aveva preso il passo di lei ballava con lei come se il mare si fosse agitato e tutti e due dondolassero, sobbalzassero sorridendo al passaggio di ogni nuova onda, seduti sulla stessa barca. «Oddio lei! Dottore lei lei! Mi sono sforzata di vederla, lei come una mosca sull'orlo del piattino ma è proprio impossibile! È così comico non ci riesco!» e riesplose in lei una risata acuta irresistibile, una specie di nitrito, una fibrillazione che teneva in ostaggio tutto il suo corpo. Poi di colpo, come sedata, senza passaggi intermedi, «Mio marito mi accusa di trascinarmi in una vita anemica un'esistenza incolore mi rimprovera di non aver mai lottato per ottenere almeno una porzione di felicità. Forse è così per la felicità, è vero io non l'ho cercata ma questo non vuol dire che non l'ho trovata, io sono certa di averne avuta e l'ho anche goduta, non si è trattato di grandi avvenimenti ma piuttosto di... non so come spiegarmi, una condizione che era dentro, dentro di me, uno stato di grazia in cui è come se diventassi concava dottore, riesco ad accogliere e a cogliere il meglio di ogni cosa; è in simili casi, in quei precisi momenti che viene a me il buono, tuttora sono sicura che ce ne sarà ancora qualche boccone; dentro di me, lo sa dottore, c'è una specie di gioia ma semplice semplice, una energia che racchiude la felicità ma anche l'infelicità; non mi sento di lottare non sono in grado, non ce n'è bisogno, neanche di scegliere perché probabilmente sbaglierei anzi di certo, io non sono capace di farlo come posso scegliere quello che non conosco, allora certo mi fido di più del caso, se va male grazie a Dio non dipende da me e se va bene tanto meglio, non so se riesco a spiegarmi è come se ci fosse una specie di amicizia tra me e la vita dottore, un'alleanza, in ogni caso io mi sento in qualche modo riconciliata con le cose, non indifferente.»

Il dottore la osservava soddisfatto in qualche modo attratto da quella natura esplosiva compressa in una specie di compostezza pragmatica del tutto inefficace.

«Io le credo» disse con un tono di persuasiva convinzione.

«Mi crede davvero?» la sua voce si incrinò. «Questa è la cosa più bella che potevo sentirmi dire nessuno mi...» si interruppe «mio marito...»

«Mi dica Zelda, per lei è molto importante quello che dice suo marito?» La domanda era stata formulata con l'onesta intenzione di fare luce non di giudicare, Zelda rispose con estrema naturalezza.

«Sì lo è dottore mi piace sapere con che cosa ho a che fare, mi dà sicurezza» fece una pausa cercava le parole «questo non significa che mio marito abbia sempre ragione.»

«E quando non ha ragione che succede?» Il dottore aveva l'impressione che accanto a suo marito Zelda si muovesse in un cerchio minuscolo.

«Oh questo non lo capisco subito, voglio dire chi ha ragione, in genere arrivo un po' tardi... anzi troppo tardi, mio marito ha sempre la risposta pronta, è impossibile per me riuscire a... Che succede mi domanda? non lo so... non mi ricordo occasioni in cui io sia riuscita...

Vede io non rifletto granché sulle cose neanche sulle persone, le prendo come sono, è sempre andata così; in questi ultimi tempi da quando lei mi ha chiesto di scrivere un diario ho messo sotto osservazione me, le mie giornate anche mio marito, è un lavoro molto complicato perché vede sono costretta a concentrarmi su ogni cosa che accade, mentre per me dottore è un compito insidioso fare attenzione a tutto e poi ogni evidenza vorrebbe mettersi in primo piano, è troppo faticoso mi stanca dottore lo sa? Certo a farci caso bene, capita di osservare cose curiose; è strano, mi sono accorta che mio marito si comporta con me in modo gentile quando dice che sono depressa e noiosa, quando mi fa notare, senza astio, che non faccio nulla o che vado ciabattando per casa, che sono inutile e che invecchio male, ho notato dottore che è molto cortese, garbato invece quando… non so rientro a casa entusiasta dopo essermi dedicata al mio adorato giardino, col cappello di paglia in testa, carica di fiori e con gli attrezzi da giardino in mano, piena di energia, se vedesse! mi tratta in modo scontroso, squalifica la mia gioia il mio buonumore come se lo irritassero, svaluta qualsiasi iniziativa io prenda, ne è infastidito come fosse invidioso, di che cosa poi dottore non lo so, geloso pure della mia passione, della mia allegria.» Parlava con uno stupore innocente di un contrappunto che a quanto pareva faceva parte del familiare brusio umano del suo piccolo mondo domestico.

«Dottore ma a che serve che io abbia scritto tutte quelle cose sul diario dal momento che non capisco cosa significano, perché accadono e non ho comunque la minima idea di come comportarmi; è un esercizio inutile quello di sforzarsi di diventare consapevoli se poi... io non vorrei mettermi in contrapposizione dottore... non vado in cerca di un evidenziatore per sottolineare le parole nemiche, le affermazioni ingiuste, non mi sento in grado di arrischiarmi nelle zone del dubbio, dubbi me ne sono posti davvero raramente e non per lungo tempo, a che servirebbe? non ho avuto dubbi quando mi sono sposata...» Adesso c'era nella sua voce, nel tono, qualcosa di bizzoso, di lamentevole.

«Quando si è sposata era molto innamorata?» fece il dottore dal cui tono traspariva una gentilezza dimessa.

«Io? io non lo so dottore, non so com'è essere innamorati» aveva l'aria di un uccello smarrito.

«E suo marito?»

«Oh mio marito è sempre stato convinto che sposare una persona di cui si è innamorati sia un rischio enorme; non si sarebbe mai esposto al pericolo lui. Una sola volta mio marito mi ha confessato che in qualche modo ero preziosa per lui» prese a frugare nella borsetta ne trasse un ventaglio «mi disse che il suo prezioso intelletto, secondo lui, traeva dalla mia presenza soprattutto la possibilità di riposarsi, ecco proprio così disse.»

Il dottore vide la donna in difficoltà, così strinse appena il nodo, ma con estrema dolcezza.

«E questo com'è per lei Zelda?»

«Com'è che cosa? non lo so non so bene cosa voglia dire... quello che le ho raccontato? credo non sia una bella cosa non mi fa stare bene, ma non posso evitarlo, io non ho mai tentato di cambiare le cose tantomeno le idee di qualcuno» aveva preso a trastullarsi con il ventaglio, lo apriva e lo chiudeva lo apriva e lo chiudeva, lo apriva con un movimento a scatto, un gesto nervoso che ripeteva involontariamente, era visibilmente entrata in confusione, si era ingarbugliata nel pensiero, simile ad una barca che si fosse incagliata in una riva bassa ostica e scogliosa, eppure seguitava a darsi da fare come un contadino, come un pescatore per riportare a casa la giornata per tornare salva a riva.

«Vede dottore» riprese con un tono improvvisamente tranquillo; la barca era riuscita a superare gli intoppi e, non senza qualche piccola scalfittura, aveva ripreso il mare «io sono sempre stata qualcosa di qualcuno; sono stata la figlia di e la sorella di, la gemella di e poi la moglie di mio marito, è così» fece una pausa; c'era da credere che ella conoscesse la verità della propria condizione pur cedendole serenamente «io non saprei che fare se non fossi più sua moglie; che sarei? che sarei!» Nessuno subito dopo aggiunse nulla.

Finalmente cominciarono a cadere piccoli silenzi nel fiume della conversazione.

Quando la signora Zelda si riscosse e sollevò il capo che aveva tenuto basso fino ad allora, non mostrava un'espressione triste, al contrario, ella sembrava trovarsi evidentemente a suo agio quando navigava sulla superficie visibile e rintracciabile della realtà; improvvisamente dunque allargò le braccia e con un gesto infantile si abbracciò da sola, si strinse forte forte; in quello, il suo sguardo disarmato si illuminò, davanti al volto comparve l'espressione di chi contempla qualcosa di bello o di straordinario che stia sparendo o che sia appena apparso in lontananza.

«Sono felice!» disse. «Sono felice, non so come dirlo questo momento non somiglia affatto a uno di quegli attimi sublimi che mi capitano a volte, quello che sento ora qui dentro è un benessere profondo, una felicità sostanziosa che non ho mai provato, adesso qui, qui, con lei, è così; non mi è mai accaduto che qualcuno mi ascoltasse, ascoltasse me e neanche che io mi ascoltassi, non è mai interessato a nessuno, forse neanche a me, neanche a me dottore, qui dentro mi trovo così bene forse anche perché non mi sento giudicata, mi accorgo di essere per la prima volta al centro di un interesse di una considerazione, è una cosa che mi emoziona, mi nutre, io mi riconosco; oh aveva ragione mio marito a spingermi a venire da lei è stata una sua folgorante scempiaggine, la più riuscita, dovevo venire qui ho fatto bene dottore; se mi fossi opposta per il semplice fatto che non mi sento depressa, ma solo ora lo so, se mi fossi rifiutata, ipotesi impensabile, proprio per il fatto che era mio marito a dirlo, avrei perduto tutto questo... tutto questo ben di Dio! Se lo sapesse mio marito ah se sapesse che cosa ha combinato! Quali pomeriggi indimenticabili trascorro qui da lei oh se lo sapesse mio marito!» proseguì con animo quasi senza più fermarsi «vede dottore mio marito, oh santo cielo! anche questa volta! l'ho nominato così tante volte che a me sembra onestamente di essere in tre qui dentro; voglio cercare di non nominarlo più dunque, le dicevo, nella mia illuminata ignoranza, come dice mio marito, ecco, di nuovo l'ho evocato non è possibile! non passa un minuto senza che io parli di lui o faccia un qualche riferimento, provo ad andare avanti dottore, mi lasci cominciare da capo; certe volte penso... oh be' penso poi! non è che mi capiti spesso, intendo dire non che io stia lì a pensare tanto a lungo e rimuginare a struggermi... a me dottore, piace piuttosto fare le cose, toccare le cose trattarle per quelle che sono non per quello che potrebbero significare o per qualcos'altro che potrebbero essere... non perdo tempo a interpretarle, a rompermi il capo, non conviene non a me poi non c'è bisogno almeno per quanto mi riguarda, in ogni caso dottore nella vita camminiamo al buio no? come si fa a capire, si va avanti a tentoni... a dire la verità io ci sono abituata! Mi rendo conto dottore che mi sto dilungando troppo, parlo parlo mi sto perdendo in chiacchiere, dirò di più ci sono evidenti segnali che io pericolosamente sto entrando in una fastidiosa logorrea come mi dice sempre mio marito, ecco ha sentito? l'ho nominato ancora faccio finta di niente non mi impiccherò per questo; comunque mi lasci dire posso riprendermi, le devo raccontare tutto fin dal principio. Io dottore, ho una precisa sensazione e non da ora le garantisco; mio marito, be' qui ci vuole, lei mi insegna funge da soggetto! dunque dicevo mio marito mi scarica qui nel suo studio; come se portasse un abito in lavanderia; è convinto che dietro congruo pagamento lei mi smaccherà, mi toglierà i difetti mi pulirà via tutti i problemi che lui crede che io abbia, poi mi rimanderà indietro lavata a mano, immacolata senza macchia e rimessa a nuovo e tutto sarà sistemato; dal momento che il problema della famiglia a sentire mio marito, oddio basta! non voglio più nominare mio... e via! ancora!... senta dottore se è d'accordo propongo di fare io un gesto al posto di nominarlo; sì! alzerò un braccio va bene? oppure le strizzo un occhio, no troppo confidenziale mi scusi, ecco! sbatterò un pugno sul tavolo ogni volta che... devo... sono costretta oh insomma! mi capisce! Il problema della famiglia sarei io, mi accorgo io stessa che invece mio» BUM, sbatté un pugno sonoro sulla scrivania «dico davvero» urlò con l'aria soddisfatta di chi ha fatto centro «potrebbe diventare per me, un problema lui, capisce? In questo caso avendo detto lui, dovevo battere? secondo me no, proseguiamo ah! ma non succederà no no no dottore, sono sopravvissuta a me stessa! Purtroppo mi accorgo che sono noiosa, lo sento chiaramente sto sproloquiando, certamente non si può dire che non stia abusando della sua pazienza non è vero? Devo confessarle dottore che è una mia cattiva abitudine, sono petulante almeno così dice mio» BUM «lo so lo so dottore lo so devo andare è finita la nostra ora non si può procrastinare l'addio, oh se mi vedesse mio» BUM, a causa del cazzotto energico tutte le suppellettili fecero un sobbalzo «quali pomeriggi sostanziosi e poi utilissimi! perché mi creda mio» BUM «vede ho imparato a sostituire non sbaglio più, mio» BUM «potrebbe sembrare intellettualmente in rovina, potrebbe sì, invece non lo è almeno... non tanto, a volte... un po' forse, dipende... non si può essere certi, però è certo e non vi è il minimo dubbio che mio» BUM «... mio» BUM «mio... dicevo certo è che, e su questo non v'è alcun dubbio ma questo l'ho detto! che mio» BUM BUM «... non mi ricordo più cosa volevo dire accidenti se non nomino mio» BUM «non riesco a ricordare il seguito del discorso.»

«Diceva, suo marito?»

«Mio» BUM «cosa? Che devo dire? eh no! vede se lo nomina lei non funziona, dunque che è intellettualmente in rovina l'ho detto... ah sì! Ecco Genesio, sì sì sì mi rendo conto, è stato difficile anche per me abituarmi a questo nome diciamo così in un certo senso rivistaiolo sì e come facciamo finta di niente la prego dunque sì Genesio dicevo, vede funziona, è sospettoso, ho ricordato! questo sì molto sospettoso sì sì sì» il dottore guardò l'orologio aveva uno sguardo compiacente «me ne vado me ne vado mi scusi è finito il mio tempo, grazie dottore grazie che bella cosa oggi così proprio a me!» era fuori di sé rideva e piangeva allo stesso tempo, fremeva tutta, il suo corpo vibrava, si era trasformato in una sorta di grumo in cui si erano coagulate emozioni antiche e attuali che il tempo con ogni probabilità aveva messo a tacere ma non ancora oscurate.

«Dottore la posso abbracciare o è vietato?» Aveva profuso in quella domanda tesori intimi di timidezze di certo camuffate e poi, soprattutto, ancora il dubbio superstite se una cosa così buona accaduta proprio a lei avrebbe avuto in seguito la possibilità di ripetersi.

Il dottore si alzò in piedi, così eretto aveva un'aria torreggiante, di colpo allargò le braccia, in quella posizione sembrava la statua del vecchio Buddha, Zelda vi si slanciò incontro a passettini veloci, non si trattò che di un saluto discreto, un abbraccio benevolo scambiato con tutta evidenza ad una ragionevole distanza, in considerazione della mole convessa del dottore la cui pinguedine fungeva come da staccionata per gli accostamenti; ma poiché fortunatamente la signora Zelda si trovava in una di quelle condizioni favorevoli in cui lei stessa si definiva concava, ovvero in quei momenti particolari e privilegiati nei quali le cose accadevano e lei era disposta ad accogliere il meglio di esse, il congedo del maestro e la discepola funzionò alla perfezione.

4

Come erano curiose quelle due figure insieme a braccetto per la strada! Una, spilungona e trasandata camminava ondeggiando a passi lunghi, le mani in tasca le scarpe basse il cappotto slacciato con le ali al vento, abbigliata sempre in modo piuttosto casuale e sempre piuttosto male; l'altra bassina e cicciottella, procedeva arrancando a passi piccoli sempre un po' retrocessa dietro all'altra, impeccabile nei suoi tailleur abbinati alle scarpe con il tacco alto e gli accessori in tono che conferivano una indiscussa visibilità alla cospicua figuretta di quella signora.

Avevano preso a frequentarsi la signorina Else e la signora Zelda, a dire il vero Else era rimasta folgorata da lei, le pareva di conoscerla da molto tempo; non aveva avuto il coraggio di confessarle la grave intrusione che a dire il vero gliel'aveva resa così appetibile, tuttavia si era convinta che quando fosse avvenuto, se mai si fosse sentita in grado di parlarne, Zelda ci avrebbe fatto una bella risata sopra; oltre le apparenze in qualche modo Zelda era davvero una donna senza pregiudizi, in assenza del marito poi era sempre pronta a divertirsi.

Else aveva fatto il primo passo; si erano ritrovate più volte insieme in sala d'attesa alla stessa ora dello stesso giorno della settimana – di mercoledì – avevano parlato ogni volta pochi minuti, si erano reincontrate all'uscita di tanto in tanto e così avevano ripreso a chiacchierare.

In seguito avevano cominciato a darsi appuntamento mezz'ora prima di salire, al bar della piazza per bere un caffè insieme, il resto era venuto da sé si erano fatte visita nelle reciproche case, quando si ritrovavano nella casa di campagna di Zelda poi passavano il tempo sempre nel giardino. Zelda rappresentava per Else la prima amica del tempo adulto, il soggetto più importante del suo tempo coniugato al presente e forse anche al futuro, era la prima immagine animata emersa dall'ombra degli oggetti, sempre gli stessi, la prima figura reale e intima svincolata dalla memoria e dal rimpianto delle vecchie irripetibili cose; il vecchio stile.

Le acque della vita familiare della signora Zelda avevano ripreso a muoversi con piccole onde fragili e innocue; del dottore non aveva più bisogno ma lei continuava ad andare, si divertiva troppo e poi era un modo per uscire di casa, per stare insieme ad Else.

Quel giorno – di mercoledì – le due donne avevano pranzato insieme al ristorante, si erano fermate a parlare a lungo dopo; solo quando abbordarono la salita si resero conto di essere in leggero ritardo per la seduta; stranamente c'era un via vai di gente davanti al portone, piccoli gruppi di gente vestita così come si trovava in casa, con le pantofole, fermi a chiacchierare animatamente, la zona antistante poi era stata transennata, a terra sull'asfalto si vedevano segni tracciati con il gesso, un brusio insolito una confusione inedita, c'erano anche due uomini in divisa e una macchina della polizia, alcuni inquilini del palazzo si erano affacciati alle finestre ad osservare a chiedere a commentare.

«Che cos'è successo?» avevano domandato le due donne una volta arrivate davanti al palazzo.

«La Maria si è ammazzata stanotte. È morta qui davanti proprio qui.» Se si fossero fermate a parlare, hai voglia i particolari che avrebbero conosciuto! Invece le donne tirarono dritto all'ascensore, erano rimaste basite, loro, Maria l'avevano conosciuta, era quella splendida ragazza che abitava sullo stesso pianerottolo dello studio dei dottori, l'avevano conosciuta in ascensore, l'avevano incontrata altre volte, si erano fermate a chiacchierare volentieri con lei; sembrava una ragazza allegra piena di vita contenta chissà cosa le era successo!

Codesta irruzione così sfacciata e senza preambolo, la notizia di una morte e di quel dramma che si era svolto mentre loro dormivano, all'insaputa della città che, come fosse nulla aveva continuato a muoversi e a vivere, il pensiero che qualcuno fosse finito in silenzio senza che nessuno si accorgesse, aveva vissuto la sua tragedia senza far rumore nel sonno protetto delle esistenze miopi degli altri, le aveva sconvolte.

Quanto dolore segreto in ognuno di noi, pensò la signorina Else mentre quasi con pudore si accingeva al gesto indifferente di suonare il campanello.

C'è in qualcuno una sorta di senso di colpa, non del

tutto ingiustificato, nel continuare la propria vita accanto a qualcun altro che non riesce a farlo, c'è come la sensazione di una sfrontatezza, di una mancanza di sensibilità di un egoistico voltarsi dall'altra parte e badare a sé, a sé solo alle proprie cose.

Com'era potuto accadere? Maria non c'era più.

Quella notizia le aveva colpite entrambe in un modo diverso; di questo certo avrebbero parlato col dottore, perché nessuna delle due se la sentiva di voltare la testa dall'altra parte e poi com'era possibile ignorare restare insensibili a quel gesto e alla sua pericolosa tentazione.

Maria non era facile incontrarla sul pianerottolo di casa oppure in ascensore, non usciva mai e poi da tempo non abitava più lì, lassù all'interno nove al quinto piano abitavano i suoi vecchi, anzi ormai solo il vecchio padre.

«Ah Maria dovevo immaginarlo!» avevano riferito i testimoni che si trovavano là, erano state le parole che il padre aveva bisbigliato mezze smozzicate, strozzate in gola da un pianto muto e disperato, quando aveva visto la figlia a terra.

Era un uomo molto vecchio ormai, piccolo e raggrinzito come una scorza secca, curvo sulle spalle ossute, un volto minuto seminascosto da una chioma di capelli bianchissimi e trascurati, una capigliatura arruffata e ancora folta che conferiva al volto un aspetto stralunato quasi da folle; aveva guardato il corpo della figlia con una pietà e con lo strazio di un dolore inaccettabile e contro natura che gli strappava via il cuore; perché lei? perché mia figlia e perché non io, non io.

Era lui morto, già morto a camminare ancora tra i vivi a doversi vestire con la camicia pulita per andare a cercare la sua famiglia al cimitero.

Guardava Maria eppure il suo sguardo minuscolo pallido convulso e smorente, uno sguardo remoto piazzato sotto un paio di lenti spesse e bagnate di lacrime pareva guardare oltre, perdersi in un qualche altrove, spingersi forse dove il dolore mai del tutto spento, ancora vivo, per la perdita della moglie, aveva lasciato la sua orma ciclopica, laggiù dove ora era stato sbaragliato da una forza tanto potente e irragionevole che non capiva ma alla quale, c'era da credere, avrebbe presto ceduto.

Poi, dopo che lo avevano portato via, povero babbo! crocifisso tra le braccia di due sconosciuti, come un cencio, che neanche riusciva a camminare poveretto, erano scoppiati in strada i commenti esclamativi sui particolari della tragedia sulla pozza di sangue sparso per la strada, avevano preso il via i tentativi di ricostruzione maniacale della mappa delle impronte degli schizzi sull'asfalto, lo scambio pietoso di impressioni condominiali sul rumore che aveva provocato il corpo quando si era schiantato sull'asfalto; qualcuno diceva un colpo simile a quello di una grossa zucca sfracellata al suolo, chi lo paragonava invece al tonfo sordo e melmoso di un cocomero maturo sfranto a terra; non ci fu accordo nemmeno sui tempi di arrivo dell'ambulanza.

Tuttavia il motivo di intrattenimento condominiale e vicinale che meritò il posto d'onore al centro del cerchio mistico del cicaleccio nelle conventicole diurne e serali fu senz'altro la spasmodica e onnivora attività, portata avanti soprattutto dalle donne del quartiere, di rastrellamento del maggior numero di informazioni indiscrezioni illazioni al fine di venirne a capo, ovvero di riuscire a dare soddisfazione della eterna e scottante domanda del Perché Maria l'avesse fatto.

Perché l'aveva fatto?

Perché accidenti! ci doveva pur essere un motivo grave anche troppo grave, o magari anche più di uno di patimenti insopportabili; ma non solo via, ci vuole pure una testa bacata ci vuole per concepire simili cose che non sono mica cose che si fanno come niente, non bastano le peggiori tribolazioni per arrivare a un gesto simile che fa tremare il sangue anche solo a parlarne, solo a pensarci alla povera Maria quella notte, al suo volo... Madonna mia che tragedia!

Eh no, quella roba meglio starci lontani, è troppo spaventosa troppo atroce troppo pericolosa che fa venire in mente pure certi pensieri se uno si lascia andare, fa tornare su certe paure di dentro, certe brutte tentazioni a volte... ma no ma no no no no era la Maria che non ci stava più con la testa e non sapeva quello che faceva non era più lei da tanto tempo, sono state le medicine sicuro a voltarle il cervello a modo suo, può darsi era colpa delle pasticche che le avevano dato, magari ieri notte era sotto l'effetto dei sonniferi la Maria, non era in sé e non si è accorta neanche di nulla – magari.

E se invece si fosse accorta?

Maria si era accorta eccome; si accorgeva sempre di tutto lei sin da quando era una bambina; a scuola nonostante fosse la più brava i compagni di classe, ma anche gli altri, le ridevano dietro perché aveva i genitori così vecchi che sembravano i suoi nonni; qualcuno glielo aveva anche detto in faccia, tutti la prendevano in giro le dicevano che quelli non erano i suoi genitori.

Invece lei con quei genitori già anziani quando l'avevano messa al mondo, ci era cresciuta su bene si era sentita amata, il suo arrivo al mondo era stato una specie di grazia divina elargita all'ultimo momento, era stato come fosse Natale come la neve a primavera; quanto l'avevano amata curata seguita, l'avevano custodita come una stella alpina unico bene raro prezioso; i loro occhi la vedevano come una creatura ricca delle più lusinghiere doti, brillante volitiva complicata ma complicata con qualcosa di sublime, erano vissuti solo per lei fino alla fine e adesso poi anche oltre la fine.

Com'era possibile, cosa era potuto accadere?

Alla Maria era sempre piaciuta la musica classica, era cresciuta ascoltandola alla radio, i suoi genitori la tenevano sempre accesa tutto il giorno, erano appassionati.

Le piaceva andare a teatro, andare a teatro e leggere; quello che amava immensamente però e coltivava con una intelligenza fisica, era osservare gli uccelli e studiarli con un binocolo; ma non solo gli uccelli, gli alberi anche, che conosceva e distingueva perfettamente, le finestre delle case, ma soprattutto gli uccelli di cui aveva imparato a riconoscere il canto il volo e il piumaggio, il nido e il modo di costruirlo, gli amori e addirittura certe volte il ritorno dalla migrazione di un uccello allo stesso nido abbandonato l'anno precedente con l'arrivo della stagione fredda.

Non aveva l'abitudine di allontanarsi troppo spesso da casa, non ne aveva molte occasioni, così in qualche modo godeva ad avvicinare a sé i luoghi inaccessibili, le cose belle troppo lontane, dedicava gran parte del suo tempo a un esercizio fragile e magico che le regalava l'illusione di raggiungere e portare accanto a sé creature lontane molto lontane irraggiungibili come gli uccelli come il loro volo come le nuvole.

Un'infanzia piuttosto malinconica l'aveva allevata, la casa paterna mantenuta quasi sempre al buio, abitudini antiche conservative; troppi fiocchi troppi nastri troppo lunghe le vesti troppi cinturini e poi il borotalco, la polvere di borotalco per profumarsi anche quando era diventata una ragazza.

Alta sottile attraente, i capelli lunghi neri lucidissimi, la pelle dal colorito leggermente olivastro come fosse brunita dal sole le conferivano un aspetto vagamente esotico; erano in molti ad apprezzarla, quando la incontravano magari di ritorno da scuola le rivolgevano complimenti garbati, lei salutava e seguitava a camminare senza fermarsi; ruvida scontrosa commentavano quelli, non è che non gradisse, era che per lei con ogni probabilità tutte le loro lodi non facevano che arruffare la superficie come la brezza sui nastri ma niente di più.

Una certa melanconia le si leggeva negli occhi alla

Maria, che non rideva quasi mai, sempre in mezzo a quelle reliquie stinte, piuttosto quello che colpiva di lei era un modo di fissare chiunque con quel suo sguardo languido intelligentissimo, gli occhi suoi neri lucidi e guizzanti come schiene di delfini spie accese sempre di un pensiero che vi trascorreva dietro, lasciavano chiunque inquieto turbato e, in chi le stava di fronte, la sensazione malferma che non avrebbe mai conosciuto cosa passasse dentro quella testa.

Pensieri scompigliati a lei sembravano per lo più, robusti e scompigliati; era scontenta voleva lasciare quella casa voleva viaggiare in tutto il mondo, aveva intenzione di diventare un'archeologa oppure un'ornitologa certo, voleva studiare gli uccelli tropicali, magari scoprire un esemplare sconosciuto; ecco cosa scombussolava la sua testa, la convinzione, che a lei sembrava infrangibile, che la sua vita sarebbe stata altrove e dunque con ostinata volontà dedicava i suoi giovani anni a fortificare quello che lei reclamava come un bisogno assoluto, dentro cui racchiudeva una aspirazione di felicità, il bisogno di qualcosa di immenso, dedicava tempo a ripassare dentro di sé la sconfinata geografia dei suoi sogni e delle sue fughe; aveva fatto una promessa a se stessa, in futuro pensava avrebbe capovolto il binocolo ed avrebbe osservato da vicino, tenuto tra le mani ciò che ora le si rivelava inaccessibile e fuggevole; quello non era solo un sogno, era una specie di lungo addio che quotidianamente rafforzava. Ogni giorno pronunciava il suo convinto e sommesso necrologio del presente già così antico e delle sue consuetudini sfilacciate che era pronta a dimenticare anche se in quelle, riconosceva con chiarezza l'opera paziente dei suoi incolpevoli genitori, riscopriva le tracce riflesse della loro adamantina dedizione e poi quelle di loro, loro che amava ancora più di ogni altra cosa al mondo, ma che molto presto avrebbe lasciato, prima che loro lasciassero lei a piangere sotto l'albero delle mimose.

Ecco, quello costituiva il suo punto di massima fragilità, lo sapeva lei, lo avvertiva nei brevi distacchi struggenti e colpevoli che avevano la statura di fughe senza ritorno, i gesti piccoli e legittimi contenevano l'angoscia e lo strazio della perdita definitiva; suo padre era diventato inconsolabile, incapace di vivere lontano da lei, nelle occasioni in cui anche per poco si lasciavano, gli accadeva di tremare in tutto il corpo si asciugava gli occhi, poi le prendeva la faccia in mezzo alle mani nodose con le nocche gonfiate dall'artrite e i polpastrelli ricurvi e rigidi e le baciava il capo, le lasciava carezze ruvide le sussurrava le raccomandazioni e poi la lasciava andare; «Ricordati» le diceva «tu sei la mia vita».

Era troppo per Maria, troppo il peso della responsabilità di un amore che certo ricambiava tuttavia non sarebbe stata capace di soddisfare; in qualche modo un giorno li avrebbe traditi tutti e due, oppure avrebbe tradito le sue illusioni, avrebbe tradito se stessa.

Loro avevano bisogno di lei, loro le chiedevano di stare, mentre i suoi sogni i suoi pensieri scompigliati le sue decisioni andavano in tutt'altra direzione.

Di quella che Maria aveva dunque cominciato ad avvertire come la sua preziosa affinità elettiva, ma anche la sua premeditata inadempienza, ma del resto come pure di sé, non parlava con nessuno.

Molti dei suoi silenzi venivano interpretati come gli esiti visibili della sua impacciata timidezza, oppure addebitati ad un suo temperamento eccentrico di cui ella stessa faceva mostra in frequenti non annunciati accessi di collera, in certi suoi sfoghi celebrativi, rivendicazioni difensive e rabbiose che avevano l'empito di sfide esuberanti e che lei sosteneva con una sorta di spavalda e virile determinazione.

I suoi silenzi invece mettevano in salvo ombre innominabili, tratti intimi, aspetti segreti di sé da cui erano escluse le confidenze e le conversazioni in piena luce; le specialità rare della casa che Maria si rifiutava di condividere, e poi come spiegare? nessuno dei suoi compagni doveva fare i conti con genitori come i suoi, in nessuna delle loro famiglie era così ingombrante e attiva così palese l'attesa della Morte; a casa sua la Morte era diventata un familiare un coinquilino, i suoi genitori le avevano affittato le loro ristrette esistenze, il loro destino, attendevano solo che quella si portasse via uno di loro due. Avevano trasformato la loro rafferma paura in una sorta di rassegnata confidenza con la Morte, un colloquio fitto e senza pudori che aveva preso come le mosse di una oscena e malevola promiscuità.

A Maria poi pareva che si fosse insinuata, nel tempo, una zavorra decorativa, in qualche modo, nella tetra nomenclatura della scena familiare, come una involontaria iperbole nell'espressione di un amore una dedizione sacrificale destinata a lei e una ironia macabra e insistente, a cui lei non aveva mai creduto e che anzi deprecava, sulla ineccepibile puntualità che avrebbe preteso l'appuntamento finale con una Morte già annunciata. In ogni caso tutto questo doloroso e faticoso armamentario, incluse le lagne continue del padre tanto cagionevole, sul timore esasperato di essere lasciato solo e sui presunti obblighi della figlia, con annesso il resoconto quotidiano di come fosse assillante vivere ogni giorno con la Morte addosso, tutto questo non aveva fatto altro che escluderla, lei Maria danneggiarla. Come una colonia di mitili, quella messe di orpelli tragici si era avvinghiata tignosa al suo cuore al suo profondo amore incapiente e grato per i suoi genitori e lo aveva stancato lo aveva provato e sfinito e, lei ne era convinta, anche contraffatto e anche contaminato.

Si sarebbe potuto dire un giorno insolito quello per Maria. Si era alzata presto era scesa fino al fiume, non era la prima volta che lo faceva, l'aveva raggiunto a piedi; il fiume scorreva non troppo distante dalla casa dei suoi genitori, quella mattina un sole tiepido aveva irradiato di luce nascente le strade e quando era giunta tutta sudata con le guance arrossate, raggi caldi scintillavano sulle increspature dell'acqua che sotto quei riflessi accesi si era fatta d'argento; si guardò attorno, gli alberi sulla riva facevano tremolare le loro ombre sulle sponde erbose che dolcemente declinavano fino all'acqua. Era un buon inizio.

Il fiume aveva sempre esercitato su Maria una fortissima seduzione; diverse volte con il binocolo sugli occhi era rimasta accucciata in mezzo all'erba alta ad osservare la piccola fauna di fiume, insospettabilmente numerosa. Quella mattina poi aveva visto il battello che attraccava sotto il ponte, non ci era mai salita, così senza pensarci si era messa in coda dietro una ristretta combriccola di turisti stranieri e si era imbarcata. Il tragitto del battello seguiva il corso del fiume oltre il lungo tratto cittadino dove l'acqua si agitava nel torbido letto, seguitava a scorrere poi all'ombra scura degli antichi palazzi, fino alla foce, fino al mare.

Durante la traversata appoggiata al parapetto a poppa dell'imbarcazione, Maria aveva sorriso al vento che flagellava i suoi capelli, adesso sembravano tante sottili fruste scure e lucenti che fluttuavano schiaffeggiando l'aria, il suo collo brunito e la fronte di lei. Mentre osservava divertita gli uccelli che schiamazzavano al vento zigzagando coi loro voli dispettosi sulle creste schiumose della scia del vaporetto, si era sentita incredibilmente calma si era lasciata portare, aveva sentito su di sé tutto il piacere di quella giornata indolente; intorno a sé la calda immobilità del silenzio interrotta solo dall'eco di grida allegre di una famiglia di gabbianelle che si rincorreva giocando in volo; aveva avvertito tutta intera la dolcezza di quella placida parentesi oziosa, dalla cui muta pigra sonnolenza aveva udito per la prima volta levarsi perentoria la voce chiara della sua conclamata convinzione.

Andarsene cominciare ad esistere.

Sarebbe partita sì, se ne sarebbe andata via via, sarebbe riuscita a disfarsi dei rigurgiti del rimorso e del suo senso di colpa; la sera precedente aveva dovuto sostenere una discussione terribile scoppiata con i suoi genitori, il motivo era sempre lo stesso: lei voleva andarsene ormai aveva deciso di farlo, «Allora vuoi vederci morti» le avevano risposto loro e poi l'avevano implorata si erano umiliati, forse l'avevano minacciata; «Io vi odio» aveva urlato lei e in quella sua invettiva estrema si era palesata finalmente ai loro occhi tutta la sua sordità per il frastuono insopportabile di quella loro silenziosa protesta.

Erano le sue prove di volo, finora non le era riuscito che svolazzare sulla soglia, c'erano state solo brevi maldestre partenze sepolte sotto la maledizione delle lacrime e delle recriminazioni non pronunciate, rigidi addii distacchi rabbiosi e colpevoli scontati poi nella nostalgia di benedizioni mancate, abbracci storpiati che consegnavano a lei lo scettro del carnefice, riservando a loro il privilegio di patire il ruolo delle vittime.

E invece strapparlo doveva lei, quel legame irregolare egoista e struggente che consumava anche l'aria che respirava.

Dove finiva ciascuno di loro? Maria non sapeva rispondere, si sentiva indistinguibile da quel groviglio colloso e insano che sembrava appiccicare l'uno all'altro senza consentire a nessuno di separarsi.

Non l'avrebbero mai lasciata andare via, glielo avrebbero impedito, non con la forza no, avrebbero piuttosto pianto come prefiche la sua separazione da loro, l'abbandono di lei come fosse la sua morte, mentre era lei invece che doveva restare a piangere la loro.

All'ora in cui era rientrata a casa quella sera i vecchi erano già andati a dormire, in sala qualcuno aveva acceso il camino per scaldare la sua notte, in quella stagione l'aria si faceva rigida, a quell'ora di sera poi la temperatura si abbassava di colpo, lo dicevano tutti; la casa già tutta al buio era immersa nel silenzio, come tutte le sere, precocemente la vita familiare si era spenta, aveva lasciato le stanze vuote si era ritirata come la risacca dell'onda dalla spiaggia, abbandonando alla deriva poche scaglie di silenzio, gli avanzi della solitudine di un pasto consumato per dovere, aspettando che lei tornasse a mostrare loro le conchiglie che aveva portato indietro dal suo giovane viaggio; lei svuotò al buio le sue tasche e lasciò cadere i suoi messaggi in quel silenzio immenso e ripugnante che odorava di canfora e di lavanda e dove, aveva pensato piena di tristezza, naufragava, ancora privo di ali, il coraggio dei sogni.

Andò a sedersi sulla vecchia poltrona davanti al camino, notò che sopra la pietra c'erano resti di tabacco, il babbo doveva aver scaricato la cenere della sua pipa, bruciava un fuoco debole che stentava ad incendiarsi, poche fiammelle sparse avevano cominciato a insinuarsi tra i ciocchi di legna mezza arsa, senza fretta come se fossero state anch'esse molto distanti e prive di interesse.

Maria appoggiò la testa allo schienale e volse lo sguardo al rettangolo di cielo teso come un nastro, oltre i vetri della finestra. Fuori la luna giaceva in uno spazio spoglio, un raggio della sua luce opaca pioveva attraverso la mezzaluna della porta finestra e illuminava piuttosto capricciosamente un vassoio di bicchieri scintillanti.

Il suo sguardo malinconico si fermò sospeso per qualche istante, in bilico su quel raggio obliquo di luce lunare. Ecco – si disse – qualcosa di infinitamente irraggiungibile aveva varcato lo spazio e ora si chinava ad accarezzare il suo cielo.

Chiuse gli occhi raccolse quell'istante e lo posò accanto a quelli trascorsi al mattino a bordo del battello.

In quello sentì salire un'emozione potente si sentì scossa, aveva i brividi, aprì gli occhi, ebbe un breve soprassalto come se si fosse sporta troppo avanti a guardare il mondo dal bordo di un precipizio, trasalì, aveva come la sensazione di essere in pericolo, d'istinto fece il gesto di rannicchiarsi, ora il fuoco aveva iniziato a crepitare ogni tanto si sentiva qualche scintilla vittoriosa che si faceva esplodere. «Hai bisogno di farti un cuore meno facile e meno tenero.» Da dove veniva quella provvidenziale esortazione? Come un sibilo le erano giunte alla memoria le parole niente meno di una commedia di Molière, chissà come le erano rimaste impresse, significavano molto, in qualche modo pensò potevano andare bene anche per lei, non si trattava forse di una certa pratica della forza quella a cui si stava applicando da tempo con rabbia e senza maestri? Hai bisogno di farti un cuore meno facile e meno tenero.

In quella notte quelle parole le parvero assumere una consistenza corporea, quelle parole furono, insieme al candore perfetto dello scintillio esile che in qualche modo aveva ammansito il buio, l'ultima cosa che riuscì a ricordare di quelle brevi, tumultuose ore.

La mattina del giorno dopo la madre di Maria stava morendo; il babbo l'aveva trovata all'alba riversa a terra e priva di sensi.

Non era stata ricoverata in ospedale, il babbo non aveva voluto; avevano stretto un patto con la mamma, tutti e due sarebbero morti a casa.

Lui intendeva rispettarlo.

«Mamma che cos'è successo?» Maria si era chinata sul letto dove la madre giaceva con gli occhi chiusi, faceva fatica a respirare, le avevano sistemato una mascherina collegata con un tubo a una bombola biancastra lunga e stretta carica di ossigeno, al braccio era infilato un ago, da una flebo appesa in alto gocciolava un medicinale giallino dentro la vena.

Maria le si era rivolta con un tono ordinario quasi brusco, non si era affatto resa conto della gravità del suo stato.

La madre non rispose, ebbe appena la forza di emettere un sospiro, si strinse un poco nelle spalle; voleva dire che era arrivata l'ora in cui quella l'aspettava, in cui aveva fissato l'appuntamento per lei.

Maria sedette sulla sedia accanto al letto, avvicinò il suo viso a quello della madre, ora erano una di fronte all'altra, «Mamma che cos'hai? Apri gli occhi mamma».

La donna esitava, sembrava addormentata faceva uno sforzo immenso, si sentiva stremata, non riusciva a muovere le braccia e le gambe, era del tutto priva di forze, tuttavia aprì gli occhi e la guardò con una dolcezza infinita, avrebbe voluto rassicurarla, Maria notò allora che il suo sguardo forte e malinconico, l'espressione decisa e fiera che le infondeva sicurezza e le incuteva rabbia si erano trasformati, la mamma ora aveva l'aria di una vecchia lupa ferita a morte postulante e piena di dignità.

La vecchia tentò di bisbigliare qualcosa, un soffio di voce, l'abbozzo di qualche parola che andò perduta dentro il fruscio dell'ossigeno inalato.

«Dormi mamma rimango un po' qui con te.»

Fuori il sole si era appena levato, dentro, la stanza era sprofondata in una fosca penombra, più dentro, dentro di lei era calato il buio spaventoso.

Di colpo l'immagine della madre precipitata in quello stato aveva sbaragliato ogni altra realtà, aveva ghigliottinato la luce il giorno e tutto quello che fuori brulicava e vociava e viveva indifferentemente.

Non poteva essere che succedesse ora e poi succedesse cosa?

Non voglio pensare, non voglio pensare – si disse – mille volte i suoi genitori avevano mimato la fine avevano sfidato senza nessun coraggio la Morte e quella, beffarda, seguitava a bighellonare tra le stanze di casa, non c'era partita si sapeva era lei che avrebbe vinto e la notte prima aveva deciso, si era lanciata e aveva ghermito la mamma, le era saltata addosso e ora senza sforzo la teneva soffocata dentro le sue braccia; Ti ha solo ferita, pensò Maria, ti ha solo spaventata mamma, ci ha solo lasciato un avvertimento non può essere ora all'improvviso maledizione!

Sentiva freddo aveva paura ed era arrabbiata, aveva in mente un mucchio di cose che non aveva avuto ancora il tempo di analizzare, cose che ora giacevano al di là dell'abisso che si era spalancato, l'ansia gettava da ora luci stranissime sul suo futuro ma certo anche sul suo dissestato presente.

Spalle al muro ecco come si sentiva, il destino o qualcun altro le aveva dato scacco, una solenne sberla in faccia aveva preso, una disgrazia si era abbattuta contro di loro, contro di lei e lei non poteva farci nulla, non poteva farci nulla.

Spalle al muro era il tipo di situazione che la provava massimamente, attentava alla sua capacità di arginare di contrastare le cose di ribellarsi.

Quella sera dalla sua camera l'avevano sentita tutti urlare, urlare, aveva urlato con tutto il corpo aveva gridato la sua disperata rabbia aveva abbaiato al nulla al dolore per tenerlo lontano per cacciarlo di casa aveva urlato perché era stata colpita aggredita e faceva male, tanto, urlava perché nessuno osasse avvicinarsi a lei che si tenessero alla lontana nessuno si fosse azzardato a pietirla, urlava perché esisteva, la vita scoppiava in lei e reclamava vita ancora, ancora, non era pazza urlava perché aveva paura paura di quello che stava per accadere paura per sé che era sola e non avrebbe tenuto e poi urlava e non poteva smettere di farlo, gridava perché il buio il buio di quella sera avesse orrore di lei e la lasciasse stare lasciasse in pace la sua notte, avrebbe voluto svegliarsi subito ed accorgersi che si era trattato solo di un incubo.

Oggi meglio, sta un po' meglio, ha parlato un pochino ha anche bevuto mezza tazza di brodo. Oggi meglio sì. Ci si casca sempre si spera ci si illude, solo dopo, poco dopo, quando la fine arriva a mettere tutto a tacere, tutti zitti, si capisce che quello era solo l'ultimo morso, il lampo di tempo che la Morte concede ogni volta alla vigilia, appena prima di portarti con sé per sempre.

Maria si era addormentata all'alba ancora tutta vestita nel letto, un sonno pesante senza riposo e un risveglio violento, una specie di liberazione da un incubo ricorrente che non ricordava, solo che aveva a che fare con il precipitare sprofondare; scivolava dentro cunicoli sotto terra, veniva inghiottita senza riuscire a salvarsi, le sue mani non potevano aggrapparsi a nulla, slittavano al buio e lei continuava a cadere.

Si era svegliata con la testa imbottita di acqua, le pareva, il padre si era dato da fare per prepararle il caffè in cucina; quando Maria aveva incontrato il suo viso chino sul tavolo, "Com'è diventato vecchio il babbo!" aveva pensato; era molto tempo che non lo guardava, evitava di farlo, aveva le guance profondamente solcate, una faccia molto molto provata e anche tanto triste; lui no che non aveva dormito neanche quella notte, aveva certi occhi rossi e la barba incolta, ogni tanto faceva il gesto di asciugarsi la goccia dal naso col fazzoletto.

«Oggi la mamma sta meglio» le aveva detto, respirava da sola, aveva riposato un pochino la notte, si era fatta portare anche mezza tazza di the. Stava meglio sì.

La camera era rimasta al buio non fosse stato per il lume tremolante di una candela che era stata accesa per la notte.

«Figlia» l'aveva salutata con un filo di voce non appena se l'era trovata accanto.

Maria notò che aveva un aspetto migliore, era perfino graziosa, indossava uno scalda cuore di lana rosa ricamato a mano, una specie di mantellina annodata con un piccolo fiocco di raso dello stesso colore; il babbo l'aveva tirata fuori dall'armadio, emanava ancora l'odore dolciastro della naftalina, si era pettinata i capelli, li teneva raccolti in una treccia arrotolata dietro la nuca e fissata con un grazioso pettinino di osso marrone.

Giaceva sostenuta da parecchi cuscini, si sforzava di respirare da sola ma teneva a portata di mano il respiratore, era pallidissima tuttavia, nessun lamento usciva dalla sua bocca nessuno smarrimento nessuna paura in quegli occhi così malinconici, sembrava calma sicura come il capitano di una nave in procinto di partire per un viaggio senza alcuna garanzia.

Dopo che Maria le sedette accanto si appisolò per qualche minuto.

Dalle altre stanze giungevano le note di una musica, il babbo doveva aver acceso la radio, erano le note di una sonata di Mozart, la mamma lo amava moltissimo.

Dentro la stanza si era fatto molto caldo, lì dentro l'aria era diventata irrespirabile. Maria andò alla finestra socchiuse le imposte senza far rumore e poi fece scorrere la cordicella delle tende fino a che, come un sipario, le tende color latte non furono chiuse, soffiò sulla candela e quando la fiamma tacque, un timido chiarore penetrò discreto e si diffuse nella stanza; tornò a sedere accanto al letto, un refolo di vento aveva gonfiato la tenda che pareva respirare, ondeggiava per poi riafflosciarsi come una vela in mare stanca e senza coraggio.

Il respiro della mamma era diventato meno affannoso, aprì gli occhi e poi subito girò il capo verso Maria, fece un cenno con la mano per chiederle di avvicinarsi. Parlò pianissimo, «Figlia» la fermò un debole colpo di tosse, si riprese senza aspettare un istante «è tanto tempo che pensavo di...» aveva la bocca secca le labbra asciutte, Maria le bagnò con una garza imbevuta d'acqua che prese già pronta, sopra il comodino, la mamma seguitò a parlarle in una specie di impercettibile sussurro «ora che guardo la mia vita alla luce del buio che mi aspetta...» pronunciava le parole con estrema lentezza «vedo chiaramente che la vita» sorrise appena «mi è stata data perché fossi la tua mamma; tu sei il compimento perfetto del senso di me e della mia vita... grazie figlia» emise un sospiro come se dicesse a se stessa fin qui ce l'ho fatta.

Aveva la fronte sudata, Maria le tolse lo scalda cuore, durante la manovra la madre non distolse mai gli occhi dal suo viso, appena fu sistemata volle riprendere a parlare, «Mi dispiace Maria che ci hai conosciuti già anziani» prese fiato premendo una mano sul petto «da giovane ero esuberante, sono stata molto irrequieta, tuo padre no» fissò gli occhi su quelli di lei, il suo sguardo si fece indicibilmente triste «siamo diventati vecchi, adesso siamo come la caricatura di noi stessi» fece una smorfia come se avesse avvertito una fitta dolorosa.

«Mamma sei stanca riposati un po'» Maria si sforzava di restare calma. Nonostante la madre facesse estrema fatica a parlare c'era in lei una forza padrona una ostinazione ad andare avanti a salutare la figlia nel modo in cui aveva deciso di farlo; così le prese le mani come se afferrasse delle redini e ansimando seguitò, «Ho sempre desiderato... una famiglia, la desidera... con... ogni poro della mia pelle, volevo solo... tu... o... padre e te... te... alla fine ti ho avuto... ti ho avuto... te... te» il pianto non interruppe il corso delle sue parole «sono stata tanto felice...» sorrideva e singhiozzava adesso «ho avuto con te... il mio destino... tutto quello che... sognavo».

«Fermati adesso» fece Maria rifiutandosi di elargire un superficiale conforto. Qualcosa si stava sgretolando davanti ai suoi occhi, si sfarinava piano piano montava, finché si sarebbe staccata come una slavina che lascia la montagna precipitando lungo la parete, e si sarebbe annientata per sempre.

La madre la fissò, il suo sguardo mobile era mutato velocemente, si era fatto imperioso e dolente, «Non ho più tempo Maria!» disse; poi chiuse gli occhi travolta dallo sforzo e si accasciò sul cuscino, la sua mano, quella che teneva la mano di Maria, allentò la presa tuttavia a intermittenze irregolari, in preda a certi scatti involontari simili agli intermittenti battiti d'ala degli uccelli quando dormono in volo, serrava di colpo la mano di

Maria, lei interpretò questo come un richiamo a non andarsene.

Dopo alcuni istanti il respiro si placò, così, dolcemente e senza apparente sforzo ricominciò a parlare ad occhi chiusi, un racconto piano e ininterrotto come se evocasse un sogno, «Prima che tu nascessi era come se vivessimo, io e tuo padre, in un pianeta gelido e disabitato, al buio e privo di vita e di suoni, era così triste» fece una lunga pausa «quando sei venuta al mondo tu è stato come se fossero nati la luce i paesaggi i colori e la musica. Un prodigio per il cuore, anima mia; è cominciato con te... il mio mondo e... adesso non ho più paura di andarmene perché rimarrai tu ad abitarlo».

Maria sentiva che si sarebbe commossa e non voleva, non voleva cedere, non voleva piangere, fermarsi doveva sua madre, ora che la sua feroce intelligenza poteva ancora metterla in guardia, poteva salvarla forse, non voleva essere travolta, si ostinava a restare aggrappata ad uno straccetto di pensiero cinico logoro e lacerato; le sembrava tutto una sorta di simulazione, una scena che non stava capitando a lei, era come se fosse stata invitata anzi costretta a stare in un luogo dove non voleva entrare; aveva già vissuto qualcosa del genere o lo aveva immaginato? non era di questo genere – pensò – il soggetto del quadro che aveva dipinto chissà quando e quante volte per sé, Maria, al capezzale del genitore morente, quale dei due per primo? La scena rappresentava il soggetto scontato di una ispirazione forzata, non era una tela vecchia e già vista? il quadretto strappalacrime che contemplava da tanto tempo, sempre quello, una vecchia tela raggelata e sbiadita i cui contorni erano stati ispirati dalla sua necessità e che ormai conosceva a memoria? Aveva assegnato a quel suo tema dipinto un posto di secondaria importanza nell'arredo di scena delle sue previsioni, nella sistemazione ad uso proprio del corso del destino prevedibile che cercava di dominare perché ne temeva la violenza dei colpi, solo che ora il dipinto aveva cessato di funzionare, adesso sua madre aveva fatto un buco sulla tela e l'aveva costretta a guardarci dentro.

Come un fischio esilissimo la voce della madre seguitava, «Ti abbiamo dato tutto quello che avevamo e tu adesso dovrai fare lo stesso; ascolta Maria» si volse verso di lei la guardò con gli occhi di un rapace, aveva fretta adesso «dovrai occuparti di tuo padre così non rimarrà solo, non ce la farebbe».

Ecco, le spire che la insidiavano l'avevano raggiunta, i tentacoli la avvolgevano sentiva la stretta dell'abbraccio, impossibile resistere, la mamma era andata giù così a fondo e stava trascinando lei con sé, l'aveva toccata così delicatamente e così violentemente, lei aveva cercato di non lasciarsi andare di resistere forse di liberarsi; ecco il sogno di quella notte il passo visionario di tutte quelle notti, ecco di nuovo quella sensazione di annegare di sprofondare al buio di non potersi salvare l'impotenza delle mani e del corpo la sensazione di soffocare lo spazio di vita ridotto dentro un imbuto di terra dentro un buco fondo e dove è la fine? mamma sono caduta sono nuda mamma sono senza difese e senza riparo, frano frano non c'è nessuno e non so a cosa aggrapparmi se non alla rabbia di sentirmi così di trovarmi quaggiù dove non voglio stare; madre l'abisso del tuo oceanico amore mi fa tremare, quaggiù non sono capace di nuotare è troppo profondo, troppo pesante da tenere il carico del tuo destino, fai che non sia io tutto il tuo mondo, non sono all'altezza del tuo amore estremo non posso raggiungerti non so come ricambiarlo non so come amarti, non so se ti amo. Voglio fuggire è il tuono della mia ira che urla non sono in collera con te mamma lasciami andare non chiedermelo lasciami andare o lo farò lo stesso mamma!

«Maria» l'aveva chiamata o le aveva risposto «prometti figlia, fammi morire in pace... ti prego giurami che resterai qui con lui altrimenti... te ne pentirai, liberami da questa pena. So che lo farai.»

Ecco era stata come un'onda di piena che si era abbattuta fortissima con uno schianto e adesso galoppava sull'acqua come un cavallo selvaggio, il clamore del suo urlo, come l'accordo di un finale d'opera, aveva reso muto e fatto scomparire il canto languido del richiamo delle balene.

Durante la notte sopravvenne la crisi respiratoria, la Morte la stava strangolando non c'era più nulla da fare.

Si era messa su un fianco rannicchiata nel letto, si era fatta piccola piccola che pareva un uccellino; solo muovendo le labbra, aveva chiesto di Maria, questa volta lei si accucciò al suo fianco, l'affanno del respiro era corto, lo sfiato produceva una specie di lamento esile acutissimo somigliava al canto di uno strano uccello che Maria aveva imparato a riconoscere ma che ora non ricordava.

«Mamma» sussurrò senza rendersi conto «stai morendo» e subito le parve di aver pronunciato una irrimediabile volgarità.

La mamma teneva gli occhi socchiusi fissi nel vuoto non vedeva più nulla, la bocca tuttavia accennò la piega di un sorriso, «Non ha importanza» disse in un soffio, poi chiuse gli occhi e cessò il canto; era bellissima.

Si trattenne dal chiamarla, Maria, dal pregarla di non andarsene, Non andartene mamma! era inutile chiamare, pregarla mille volte chiederle di ascoltarla, di accorgersi ancora di lei di tornare al mondo, se ne andava, era finita e dunque, non sarebbero state quelle tutte scene inutili? Era incapace di muoversi era accaduto davvero, se ne era andata, era caduta come un uccello caduto morto sopra un mucchietto di foglie secche e lei ne aveva avvertito il tonfo, l'aveva sentito dentro, in un angolo dove la sua rabbia aveva piantato muri di roccia e di lava ruvida e inaccessibile che lei credeva impenetrabile al pianto ma non al suo mistero.

Temeva e invocava l'irruzione disubbidiente di un qualche moto incontrollabile che la cogliesse di sorpresa, alla sprovvista, che fratturasse la fortezza dentro cui si era asserragliata per difendersi dall'insorgenza delle emozioni comuni, un timore che aveva rivestito di un razionale orrore per la banalità delle scene convenzionali e di una istintiva intolleranza per la deriva in cui, la mancanza di ritegno, faceva scadere i sentimenti.

Tuttavia il pensiero di sua madre, di quel lato della natura di lei, con la sua pazienza calma la sua capacità di sopportazione serena, la sua forza indomita e spezzata divenuta inutile, ma soprattutto la mansuetudine con cui si era disposta a morire, era diventata in quell'incombenza così docile! il suo ultimo sguardo mesto pareva quello di una bestia abbattuta e inerme che aspetta obbediente di portare a termine la sua agonia; la mansuetudine con cui aveva atteso buona buona che la Morte facesse il suo dovere con lei, la calma obbedienza che le aveva offerto ancora in vita, le avevano mostrato l'aspetto inoffensivo della Morte, le avevano insegnato a morire.

La Morte aveva giocato per un po' con la sua preda e gliel'aveva restituita così senza respiro, un essere inerte e già penetrato dal gelo; il quadro era scivolato a terra la tela era danneggiata, non importava più ora, tutto un altro era stato il racconto.

Le si riempirono gli occhi di lacrime. Guardò in alto il cielo.

Fuori la luna imbiancava le foglie, il cielo trascolorò di colpo, le luci si spensero e presto lassù non fu che un arruffio di stelle.

5

«Ho sempre avuto paura delle donne intelligenti.»

Così le aveva detto l'uomo, la sera in cui si erano conosciuti, l'aveva guardata negli occhi Maria, con un'espressione mista di malizia snobismo e irresponsabilità. «In genere faccio in modo di evitarle!»

Lei gli aveva restituito l'occhiata diffidente che le aveva gettato addosso, «Allora dovrebbe essere proprio l'uomo che sa come utilizzarle» aveva risposto divertita quasi senza scomporsi.

L'uomo era rimasto colpito dalla grazia con la quale lei aveva parato la sua insipiente volgarità ed aveva rilanciato con altrettanta leggerezza, «Vorrà dire che mi farò coraggio e l'accompagnerò a casa, vuole?».

Era quella, di tali ardimenti, la prima sera del primo giorno in cui Maria aveva varcato la soglia di casa ed era uscita dopo anni di una clausura domestica tenacemente protratta senza eccezioni.

Con ogni probabilità si era trattato di una sorta di castigo estremo trasformato in arma di offesa e contro chi? forse l'eredità lasciata dalla madre o forse era una forma di resistenza, il tentativo orgoglioso di trasformare un gravoso obbligo, in un altrettanto cocente rifiuto.

Imprevedibile Maria! Quella sera di colpo si era alzata dal letto, era lì che trascorreva le sue giornate rinchiusa dentro il perimetro di quella prigione domestica dentro cui si era seduta ed aveva continuato ad ascoltare la musica della sua vita senza sentirne il peso; si era alzata ed aveva deciso di uscire.

Era rimasta a vivere in quella casa con il padre che non parlava quasi più; a distanza di così tanto tempo tuttavia non se la sentiva di affermare che quanto era accaduto discendesse unicamente dal testamento materno, c'era di più, non voleva pensarci ora.

Da qualche tempo aveva preso l'abitudine di rifugiarsi in pensieri senza importanza che, solo a volte, le permettevano di lasciare da parte l'essenza delle cose.

Aveva scelto un abito di lana di un colore rosso zafferano, dopo averlo indossato immerse il suo volto nello specchio, era piuttosto cambiata aveva perso molti capelli, tempo addietro in un attacco di ira se li era tagliati da sola, erano venuti male, ora li teneva raccolti, era magrissima, la sua pelle rimasta così a lungo priva di aria e della luce del sole si era come ingrigita; il fatto è che Maria aveva smesso di dormire da anni, non era come nei racconti delle favole in cui la principessa vittima di un incantesimo cade in un sonno profondo oppure smette di ridere; in nessun modo nessuna medicina era stata in grado di aiutare Maria, così era scivolata proprio come nel suo sogno, caduta senza soccorso; aveva dovuto affrontare una depressione profonda, un viaggio cupo ed estremo in cui la rabbia, di frequente, aveva dominato e stravolto le sue azioni.

L'espressione malinconica del suo viso si era accentuata, tuttavia la forza dei suoi occhi neri e allungati non era diminuita affatto, lo sguardo aveva perduto forse la spavalderia ma si era fatto acuto, più consapevole, carico di un incomprensibile profondo stupore, simile allo sguardo di certi esploratori di ritorno da terre lontane che rifiutano di raccontare quello che hanno visto perché nutrono la certezza che non saranno creduti.

Lei non aveva saputo tornare indietro.

Aveva attraversato una zona di mistero assoluto ne era consapevole; la vita e la morte abitano due istanti contigui eppure così estranei l'uno all'altro, aveva trovato persino qualcosa di esaltante in quell'accesso oscuro al mistero, esaltante e tragico, le era toccato di assistere al momento estremo, ne aveva visto il volto e ne era rimasta in qualche modo impantanata stupefatta e affascinata.

Stava cercando un paio di scarpe non ricordava più quali avesse; riprendeva gesti, come quello di frugare negli armadi, che aveva abbandonato; scelse un cappotto di lana nero, quegli oggetti – pensò – erano rimasti lì dentro ad aspettarla piegati e ordinati nello stesso posto tutto quel tempo, non avevano neanche subìto i traslochi incappucciati durante il cambio di stagione, abitudine abbandonata insieme a tante altre, nella trascuratezza in cui la casa, crollata la sua architettura portante, si trascinava ormai da anni.

Era pronta adesso; andava al Teatro dell'Opera ad

ascoltare un concerto su musiche di Gustav Mahler, un compositore di cui era profondamente appassionata.

Quando fu sulla strada da sola si guardò intorno, era una sera di dicembre il freddo pungeva le guance una nebbia bassa intorpidiva la luce stanca dei lampioni; si rese conto, muovendo i primi passi in un equilibrio incerto, che erano quasi da imparare di nuovo; camminava piano rasente al muro, in strada da sola si sentiva perfino impacciata, si fermò un istante aveva il fiato in gola, "Ma dove sto andando a piedi?", la sua faccia grigiastra sembrava rischiarata dal plumbeo riflesso di un temporale; si era avventurata sciaguratamente fuori, senza organizzarsi, si voltò indietro appoggiandosi al muro a guardare la sua casa, cercò il balconcino della sua camera, lassù all'ultimo piano del palazzo, da dove lei sbirciava la vita col binocolo, sarebbe rimasto ad aspettarla senza imprevisti – si disse – doveva prendere una decisione o avrebbe fatto tardi al concerto; che sciocchezza rimanere bloccata per un inconveniente così banale, doveva rientrare in casa tanto più che aveva cominciato a piovigginare, avrebbe impiegato solo qualche minuto; ora il cuore le batteva forte, stava cominciando ad entrare in ansia, quando vide venirle incontro un taxi, si diede da fare per fermarlo immediatamente alzando di colpo un braccio, il suo corpo scosso dal gesto vigoroso, sbandò un pochino; il tassista era sceso e le aveva aperto lo sportello, era salva! prima di salire aveva alzato gli occhi al cielo in un gesto inconfessabile dettato da una di quelle credenze scaramantiche a cui si cede nei momenti di panico; era segretamente

convinta che quel taxi miracoloso glielo avesse manda-
to la mamma. Così aveva voluto dire grazie mamma!
Si accomodò sul sedile posteriore e trasse un profondo
sospiro. Durante il tragitto osservò da dietro il vetro, le
strade il traffico e le vetrine dei negozi che i commes-
si si affrettavano a chiudere. Fu invasa da un senso di
estraneità e di esclusione, si sentiva lontana da tutto e
senza un posto in nessun luogo, così accucciata lì dietro a guardare da lì, fuori dal finestrino, sembrava una
bambina accompagnata in una località di villeggiatura
straniera.

Non si era più allontanata da casa, non si era consen-
tita di partire non si era laureata non aveva preso il volo
non si era vendicata, di chi poi? invece aveva lasciato
cadere la sua decisione a spegnersi nel buio.

Era arrabbiata con se stessa se la prendeva con la
Vita, con la Morte che si era portata via anche i suoi sogni e forse il suo coraggio, era stato questo che le aveva
fatto più male, le aveva cambiato la vita.

Era stato come se, scomparsi i responsabili degli
impedimenti che fortemente la ostacolavano, il padre
era ormai diventato invisibile, si fossero spenti i motori
delle sue reazioni, di quelle decisioni che dunque aveva preso solo in opposizione ai suoi censori, che aveva
sostenuto solo contro e che prendevano forza esclusivamente dal divieto, dalla necessità di strappare le catene
che sentiva mordere, di fuggire dal carcere e poi dai
suoi carcerieri che, soli, dunque, le avevano fornito la
forza e la motivazione.

Aveva lasciato cadere le sue decisioni a spegnersi nel

buio e quelle parevano ora scomparse per sempre; la sua vita, le sue vite e poi i suoi pensieri scompigliati e inconfessabili, simili a esseri umani eccentrici, entravano e uscivano dalle schiere dei vivi e di essi restava appena qualche traccia trasparente come la scia di una lumaca sopra una foglia di ribes, era l'unica cosa che le restava di un mondo affollato e brulicante, aveva tentato di lasciarlo quel mondo ma non ci era riuscita si era ritrovata con l'incombenza di vivere, di nuovo in mancanza di... Il vecchio orizzonte era mutato, l'orizzonte che scrutava ora restava immancabilmente deserto.

Era riuscita ad ottenere il biglietto per un posto al primo ordine di palchi, un buon posto centrale, si sentiva indicibilmente emozionata, ai botteghini si erano formate file lunghissime, le sembrò difficile acclimatarsi nel frastuono della gente che si muoveva in tutte le direzioni vociava si chiamava, le veniva incontro senza badare, la oltrepassavano frettolosi senza accorgersi di lei come si trattasse di un fantasma, lei invece guardava ogni cosa ogni faccia, sorvegliava tutte le indicazioni, se le ripeteva sottovoce per non sbagliare strada, chiusa in mezzo alla folla che si disimpegnava con dimestichezza, Maria andava avanti lentamente tastando con i piedi il pavimento per paura di inciampare in un insidioso gradino; quando si incanalò dietro la fila diretta al primo ordine di palchi, avanzava sballottata dalla ressa dei corpi che spingevano, non riusciva a mettersi al passo con loro né ad opporre alcuna resistenza, si sentiva senza peso si sentiva frastornata, con la testa per aria cercava il numero del palco che le era stato assegnato, così quando finalmente si trovò di fronte alla porticina d'ingresso di quel palco, sgattaiolò dentro quella nicchia accogliente ancora al buio e, senza neanche togliersi il cappotto, si sedette sulla poltroncina rossa, quella sulla fila davanti, tirò un sospiro di sollievo e si lasciò andare definitivamente contro lo schienale.

Ce l'aveva fatta era arrivata, lasciò andare la tensione e cercò di liberarsi della preoccupazione; era seduta a Teatro, al suo posto, c'era voluto un po' ma, non sapeva come, non era stato neanche troppo difficile. Era al suo posto, ora non doveva fare più nulla.

Chiuse gli occhi e respirò profondamente, le sembrò di annusare un altro aroma, qualcosa come una sottile miscela di abiti guanti e fiori che le fece un'impressione molto gradevole, lì dentro al riparo dalla confusione giungeva appena l'eco assopito di conversazioni vivaci risate allegre, stemperate dalle voci di strumenti dell'orchestra che i maestri terminavano di accordare.

Il Teatro si andava riempiendo, lo sciame delle voci ora si fondeva in un unico ronzio brontolante che si levava sopra le teste degli spettatori di platea per spezzarsi in salita all'altezza dei vari ordini di palchi fino ad infrangersi contro l'imponente lampadario della cupola, da dove ricadeva precipitando in mille suoni come scintille di un fuoco d'artificio sonoro.

Le sembrava di attendere l'inizio come si attende il momento della verità; nei posti nuovi dove le sensazioni non sono attutite dall'abitudine, accade spesso che si rafforzi, si ravvivi il dolore, non fu così laggiù per lei, in quel luogo, che le pareva lontanissimo dal suo letto, dalla sua stanza, ma dove al contrario ebbe la sensazione di essere tornata a casa.

Le luci si abbassarono, alla spicciolata gli ultimi ritardatari, senza chiasso, si lanciarono sui loro posti, il brusio si allentò, a brevi intermittenze in qualcuno dei palchi si vedeva ancora qualche porta rimasta aperta, nel cono di luce che divaricava il buio, si intravedeva allora entrare qualche figura e affrettarsi ricurva a guadagnare il suo posto a sedere, qualcuno invocava il silenzio ritardandone l'approdo; poi finalmente fu buio in sala – silenzio assoluto – l'ingresso del direttore accolto dagli applausi – Silenzio – L'inizio.

In principio il pianoforte da solo lanciò il suo urlo, gli archi accorsero e parvero rispondere a quel canto, lo raccolsero come da una sponda molto lontana, seguitarono per un po' a chiamarsi; sembrava un risveglio, sembrava l'inizio del mondo, quei suoni sembravano gli unici sulla Terra, almeno su quella terra incantata dove erano stati creati esistevano e sarebbero rimasti sempre insieme dentro quella sinfonia che si era già annunciata.

Maria conosceva il brano eseguito, tuttavia mentre lo ascoltava dal vivo, come una energia pura, quella musica piano piano le entrava dentro l'anima e la sconvolgeva; non osava muoversi, come se qualsiasi movimento avesse potuto infrangere quel prestigio soprannaturale, disturbare la celebrazione di un rito in cui in qualche modo il genio di un'anima maestra veniva evocato.

Al suono dolcissimo della celesta e poi dell'arpa che avevano generato un'atmosfera rarefatta quasi mistica, era subentrato il rombo dei tuoni delle percussioni e poi i fiati e l'intera strumentazione, il concerto cresceva in un impeto tragico ed esaltante, l'orchestra ora veleggiava come una nave nella tempesta, con maestria avanzava tra continue mutazioni della partitura, variazioni musicali estreme sprigionavano una tensione forte, come una perenne oscillazione della sensibilità tra una sorta di illusione e di entusiasmo e invece quel senso di disperazione che Maria coglieva dal grande affresco musicale carico di slanci e di presentimenti.

Era disillusa lei sì, non della vita che le era toccata, non era dissimile da tante altre, era delusa da se stessa e da quanto aveva creduto di sé; tutto o niente si era promessa e invece era caduta dentro il ventre del nulla, forse non si sentiva più neanche lucida, gli anni di insonnia l'avevano distrutta, le giornate diventate lunghissime non concedevano riposo alla stanchezza il pensiero non si spegneva mai l'angoscia e più ancora la rabbia che il suo futuro tutto intero fosse stato ingoiato dal nulla si erano trasformati in un rovello che non trovava il finale, come in quell'incubo, nessuna forza fermava la sua caduta, forse anche per paura di entrare in quell'orrore aveva smesso di dormire.

Il pensiero aveva imparato a frequentare strade parallele, illogiche all'apparenza, indirizzi opposti al buonsenso, succede quando per qualche motivo cominciano a confondersi la realtà visibile e la realtà immaginata, visibile anch'essa, ma solo a chi la riproduce.

L'aspra inquietudine in cui versava si era addensata in quel malessere, quello stato di torpore e irragionevolezza in cui la mancanza di sonno l'aveva precipitata e che in qualche modo forniva determinatezza alle ragioni vaghe della sua inquietudine.

Quella musica quella sera era come se avesse sposato la sua condizione morale, se stessa, il suo senso di precarietà; la consapevolezza di aver veduto l'estremo del tragico ma anche del macabro, la musica di Mahler aveva il respiro di lei, aveva assunto qualcosa di nuovo che non passava dal pensiero e che era oltremodo commovente.

L'orchestra ormai come un corpo pensante unico e totale si avviava verso il finale, dove la musica era diventata energia pura e dove riemergeva evocata nei tumulti strumentali, l'eterna lotta tra la Vita che soccombe e la Morte imminente.

Maria era entrata in una specie di estasi dolente aveva le guance solcate dalle lacrime, un pianto a cui aveva ceduto ignorante degli sconosciuti che la circondavano e che non aveva neanche sentito entrare, non le importava, lei non era lì adesso era laggiù dentro quella tempesta.

Piangeva e quella musica sembrava rendere onore al dolore; non voglio pensare – si disse – ma non era il pensiero a tradirla, l'emozione l'aveva spodestato; aveva paura che fosse finita così aveva paura di fermarsi laggiù di non poter risalire, eppure era di fermarsi che aveva bisogno fermarsi e dormire dormire interrompere il giogo della coscienza chiudere gli occhi senza temere gli incubi riposare finalmente da quel lungo giorno che durava da anni, una veglia che insediava costantemente la sua vita e che forse replicava l'ossessione simmetrica che aveva sequestrato i suoi genitori e i loro ultimi anni.

Era nella tempesta. Frammenti di comuni liturgie che un tempo aveva ripudiato, ora le invocava come condizione di felicità, rivendicava la sua quotidiana assenza dalla vita.

Imprevedibile Maria! Erano stati l'esasperato bisogno di dormire e quella rovinosa alterazione della coscienza che l'avevano costretta quella notte a ingoiare tutte quelle pastiglie, non riusciva a dormire neanche con i sonniferi, era indicibilmente stanca, non voleva morire, almeno questo era quello che lei si ripeteva, non aveva cercato la morte anche se in qualche modo non faceva più alcuna differenza tra la vita e la morte; e poi le logiche dello spazio e del tempo si erano in ogni caso in lei lentamente offuscate.

Era nella tempesta e quello che agognava era solo che l'onda, con facilità corresse ad assopirsi sulla spiaggia.

Il finale d'opera infuriava, negli ultimi accordi gli orchestrali erano tutti dentro una temperie che li faceva ondeggiare gemellati con il loro strumento, gocce di sudore schizzavano via dalle fronti madide, il direttore abbandonata la bacchetta pareva ormai incarnare il prodigio che egli stesso aveva smesso di dirigere; il crescendo montava così potente quasi insostenibile e quando l'orchestra lanciò con tutta l'energia accumulata l'ultimo accordo, fu come se avesse divelto i cancelli che la separavano dagli spettatori, gli applausi incontenibili li varcarono scavalcando la distanza con un furore quasi selvaggio e scosciarono violenti.

La musica aveva tracimato anche questa volta, aveva allagato la platea e l'alta marea aveva inondato ogni cella dell'alveare dorato che ora brulicava di naufraghi esultanti travolti e salvati ancora dalla musica.

Il plauso durò a lungo, l'orchestra in piedi dietro il direttore si inchinò più volte finché soddisfatti ed eccitati lasciarono tutti ad uno ad uno il loro palcoscenico. La conclusione.

Gli spettatori stavano cominciando ad abbandonare il Teatro, si avviavano pigramente all'uscita portandosi dietro lo strascico del cicaleccio colto e spassionato; Maria non amava quel momento, il tempo convenzionale in cui il profano con la sua portata di banalità e di quotidianità usurpava uno spazio che fino a un attimo prima aveva contemplato il mistero.

Non si mosse dunque dalla poltroncina e poi le costava fatica affrontare di nuovo la confusione, attese che la folla scemasse; anche il palco che occupava si era svuotato era rimasta da sola, qualche istante dopo un giovane signore era tornato indietro per riprendere l'ombrello dimenticato sulla sedia accanto alla sua, trovandola ancora lì immobile, si chinò alle sue spalle e le rivolse una domanda, «Mi perdoni signorina sta aspettando qualcuno?».

Maria ci pensò su un attimo poi si voltò con aria interrogativa e gli sorrise, un sorriso insolente ma non sgarbato con cui rispose «Sì il compositore! ma stasera non credo che verrà».

Si avviarono insieme all'uscita, senza parlare, vicini solo per caso, poi fu lui che ruppe il silenzio, le confessò di averla vista molto emozionata durante l'esecuzione, le chiese se poteva conoscerne il motivo; erano giunti all'uscita intanto, fuori veniva giù un temporale il cielo ringhiava come una belva selvatica, lui aprì l'ombrello le offrì riparo, erano stati gli ultimi ad uscire, alle loro spalle le luci del Teatro si spensero ad una ad una, allora si strinsero sotto le stesso ombrello e insieme si incamminarono senza sapere dove, lei aveva preso a parlare con una certa vivacità della sua passione per la musica e per Mahler; aveva cominciato a diluviare, veniva giù così tanta acqua che la terra non riusciva a drenare, mentre Maria continuava a chiacchierare, affondò i piedi dentro una pozzanghera alluvionata, si era completamente infradiciata, guardò il suo piede gocciolante dentro la scarpa e scoppiò in una risata nervosa e imbarazzata, così senza bisogno di accordarsi, entrarono in un vecchio caffè della piazza del Teatro, tutto rivestito di legno, riscaldato e molto accogliente. Consumarono qualcosa di caldo, una cioccolata forse, Maria pareva animata aveva gli occhi lucidi aveva voglia di parlare; disse «Sono affascinata dal potere della musica e dalla capacità che ha di mostrarci quello che abbiamo dentro, tutta la ricchezza la verità nascosta a nostra insaputa, la musica possiede il dono di rivelarci quella grande notte inesplorata e scoraggiante dell'anima di ognuno di noi che a volte scambiamo per vuoto, per un nulla».

Quando cessò di parlare aveva le guance in fiamme gli occhi umidi, aveva caldo aveva i brividi si sentiva come se avesse la febbre.

Non aveva voluto parlare di sé, del perché avesse pianto, il suo pensiero intelligente le era venuto in soccorso e lei volentieri vi si era nascosta dentro.

«Ho sempre avuto paura delle donne intelligenti» le aveva detto lui con un tono carico di così ambigue implicazioni, poi l'aveva accompagnata a casa.

Una imperscrutabile combinazione di audacia e di innocenza, era l'impressione che Maria aveva riportato di quell'uomo, con lei si era mostrato di una sfumata cortesia, un tatto innato che riusciva a coesistere con una certa retorica formale che egli aveva sfoderato soprattutto in certe occasioni quando parlava di sé, raccontava della sua vita, una vita che lei chissà come aveva immaginato improntata al lusso e ad un ritmo piuttosto indolente.

Si erano fermati sotto la casa di Maria ed erano rimasti a parlare dentro la macchina fino a tarda notte.

«Sono un uomo piegato» aveva detto di sé osservando la pioggia che rigava il vetro, gocciolava dalle foglie lucide dei platani alti placidi e neri che come guardie notturne sembravano pattugliare la strada. «Non so come ma ho voglia di parlartene» erano passati al tu «forse perché ormai ne sono uscito.»

«Si tratta di una donna?» aveva azzardato Maria.

«Sì, una storia chiusa durata cinque o sei anni non so più, uno di quei legami che chiamano pericolosi, cominciato con una passione fortissima e potente, un'attrazione senza controllo per tutti e due, una specie di morbo assoluto; eravamo ammalati l'uno dell'altra, vivevamo in una ossessione reciproca che ci teneva vincolati e che ci ha allontanati da tutto e dal resto del mondo; ci rendevamo conto che si trattava di qualcosa di più grande di noi forse eccessivo ma io e lei godevamo di questo, ci faceva sentire privilegiati addirittura superiori. Scusami, forse ti sto annoiando? Ti ho investito con i miei problemi» fece, preso dallo scrupolo, voltandosi verso Maria che si era mezzo appollaiata sul sedile e sembrava muoversi a suo agio.

Ogni gesto di apparente carnalità che lei stessa riproduceva con intelligente disinvoltura, conservava la memoria del nulla che l'aveva preceduto. Eppure lei appariva a suo agio; si sentiva osservata, lui la stava guardando "Belloccio!" aveva pensato non appena se lo era trovato di fronte, il viso di lui che a causa della banalità dei tratti regolari aveva giudicato un tantino inespressivo, ora così compreso in quel piglio appassionato e piuttosto virile, era diventato più attraente.

«Tormento ed estasi!» fece lei. Ecco il suo pensiero distratto aveva prodotto una esclamazione talmente convenzionale che se ne vergognò. Le parve che anche a lui fosse sfuggita una leggera smorfia vagamente dubitativa che lei temette riferita alla propria intelligenza.

«Eri felice?... lo eravate?» tentò di rimediare.

«Bella domanda!»

Ecco per fortuna si era ripresa, anzi quella sua curiosità che scavava nell'intimo del dramma aveva riacceso in lui la voglia di sfogarsi.

«I primi tempi ero sconvolto credimi, travolto da qualcosa che io, ma anche Nina, la mia donna, chiamavamo amore.»

Maria provò una istintiva sensazione di fastidio al sentire pronunciare il nomignolo con cui lui chiamava la fidanzata, le sembrò come di essere stata sbattuta suo malgrado a dare una sbirciatina dentro la loro stanza da letto. Non era interessata ai particolari.

«Nina riguardo a quello non ha mai avuto dubbi. Eravamo gelosi l'uno dell'altra, forse è normale questo, non credi?»

«Dicono...» fece lei senza per nulla compromettersi, perché disapprovarlo?

«È che ad un certo punto le cose sono degenerate sono diventate rischiose sono precipitate in una china terribile, forse il bisogno di possederla, ma proprio di possederci, si è sostituito all'amore, eppure noi l'abbiamo scambiato per amore; ero divorato dal bisogno di sapere tutto del tempo che Nina non trascorreva con me, sono diventato sospettoso invadente, mi tormentavo durante le ore in cui lei stava altrove e non sapevo dove e con chi, lo stesso lei con me; un ritardo una parola stonata una contraddizione diventavano indizi, sospetti e poi gl'incontri si trasformavano in interrogatori, ma poi la gelosia non ti fa credere a nulla, rende l'altro sempre colpevole e dal momento che eravamo gelosi l'uno dell'altra diventavamo giudici e colpevoli al tempo stesso. Ero sicuro che Nina mi tradisse, come io del resto facevo con lei, d'altra parte la gelosia scoperta diventa una diffidenza che autorizza l'inganno, così ci lasciavamo insultandoci disperatamente e con disprezzo ma poi io la cercavo di nuovo perché la sofferenza inferta da lei riusciva a calmarsi solo con la presenza di lei, era come se lei fosse il veleno e l'antidoto capisci? e così io per lei, uguali io e

Nina, mi guardavo nello specchio guardando Nina e la stessa cosa accadeva a lei con me» fece una pausa, era sconvolto.

«E così vi siete lasciati?» Maria era rimasta colpita dalla consapevolezza e dalla lucidità, specie degli ultimi passaggi, pure così forti dolorosi e un tantino ottocenteschi, ma aveva i piedi talmente gelati che non vedeva l'ora che quella storia giungesse alla fine.

«No no siamo andati avanti, come se il nostro amore si fosse come dire specializzato, abbiamo trasformato la nostra insana gelosia distruttiva e i nostri ormai scoperti tradimenti, la violenza, in un'altrettanta fonte di eccitazione torbida, un'esaltazione artificiosa a cui probabilmente senza saperlo attribuivamo l'incarico di sostenere quello che l'amore non riusciva più a tenere in piedi. Forse per me il fatto che Nina mi rivelasse tutto quello che accadeva quando non ero con lei mi restituiva, o almeno mi faceva illudere di riprendere il controllo della situazione, per lei era qualcos'altro credo, non lo so, forse il bisogno perenne di essere punita, non lo so non lo so è terribile, qualunque cosa qualunque imbroglio diventava un pretesto per non lasciarci. Alla fine ci siamo fatti del male, ci siamo avvitati intorno a noi stessi, ai nostri equivoci, intorno al nostro grande malinteso circa l'amore, mi capisci?»

Ora per Maria il concetto era chiaro, qualsiasi seguito al racconto, che a dire il vero secondo lei, aveva assunto un andamento un po' melò, avrebbe potuto ascoltarlo solo scaldando i piedi.

«Ti dispiace accendere il motore così mi scaldo un

po'?» disse a bassa voce discretamente, sotto tono per non apparire insensibile o indifferente.

Senza cessare un istante di parlare lui si mise ad armeggiare con le chiavi e tutto il resto e con il tono di voce di chi sta usando tranquillamente le mani, seguitò come se parlasse della storia di suo fratello.

«La vita ruotava solo intorno al richiamo irresistibile delle separazioni e delle riconciliazioni. Quella continua lotta mi ha distrutto, mi rendo conto che ho sacrificato anni della mia vita, non tanto a lei quanto a tutto quello che lei ha saputo legare a sé delle mie ore, dei miei giorni, di tutti questi anni. È come una malattia, bisogna liberarsi di questi legami anche perché vedi, se devo dare una risposta sincera alla tua domanda...»

"Quale?" pensò Maria. Aveva perso il filo della storia di quell'uomo il cui modo di raccontarla, non poté fare a meno di pensare, a dire il vero faceva un po' "teatro libero", inutile, Maria, non riusciva a compatirlo.

«Non so risponderti, in realtà tutti quegli anni tormentati mi hanno lasciato analfabeta riguardo all'amore, non so se sono stato felice» affondò la faccia dentro le mani e poi «forse ti ho stancata, ti sarai chiesta cosa vuole da me questo sconosciuto? ti giuro, non mi era mai successo di parlare così bene.»

«Pensavo...» fece Maria cercando di sdrammatizzare il melò «questa storia potrebbe non finire mai, forse non è finita?» e poi immediatamente «Scusa! scusami non sono stata incoraggiante!». Quella sera la sua intenzione non riusciva ad incontrare il pensiero come quando la stecca da biliardo manca la pallina nei colpi più facili e quella continua a girare a vuoto sul tappeto verde senza entrare in buca.

«Devo solo ritrovare tutto quello che esiste al di fuori di me e di lei», fece lui «oltre quel gorgo» non si era accorto di nulla, aveva parlato come se ripetesse un mantra che gli era toccato di imparare a sue spese.

«Qualcosa di simile, mutati i termini vale anche per me» fece Maria, ma non si espose oltre.

Il rumore della pioggia martellava il tettuccio e pareva suonasse i tasti di un pianoforte; il calore dei loro aliti aveva ricoperto i vetri di un umidore opaco contro cui si addensavano prudenti le loro parole, la loro incerta familiarità.

Erano due persone sole, parcheggiate nella notte in attesa, in mezzo alla strada fradicia e vuota, ancorate ai pesi di un passato inconciliabile che rendeva incerto e lacerato il presente, impossibile la felicità, si erano incontrati loro due, in un tempo ambiguo un tempo non sincronizzato un tempo di mezzo senza durata che coesisteva col tempo degli altri ma non ne possedeva la metrica il passo la scansione; una specie di limbo dove le ombre vanno e vengono senza sapere a chi appartengono e neppure cosa sarà di loro. Ombre senza disperazione e senza affetti, ombre mancanti, ombre di corpi feriti danneggiati e incustoditi di carezze, corpi fragili e incapaci di condurle e troppo incerti sul cammino, ombre di nessuno, almeno fino a quando il corpo non avrà avuto il coraggio di richiamarle.

Si erano incontrati loro due, perché andavano in giro da soli perché in qualche modo tutti e due sentivano di essere stati espulsi, alla periferia del resto del mondo, una terra di scarto dove erano sicuri che sarebbero stati dimenticati.

Erano in quella notte, due solitudini diverse e appaiate a bordo di un missile scarico, lanciato nel tragitto oscuro e smarrito della strada, per tornare, anche per la via più lunga e tortuosa, al centro del mondo, per tornare soltanto a casa.

Quando si salutarono Maria sapeva solo che avrebbero potuto rivedersi al successivo concerto; di sé non le era venuto di parlare; ormai sotto al portone mentre si dava da fare per cercare le chiavi, «Come ti chiami?» aveva urlato a lui che stava per partire, lui aveva abbassato il finestrino e dietro un muro di pioggia aveva scandito «Mario!».

Ecco! Avrei preferito qualcosa di meno banale, aveva pensato senza impertinenza Maria. Poi era rientrata.

Attese che l'ascensore scendesse a prenderla, era contenta di sé, incredula e soddisfatta, una volta sull'ascensore sbirciò il suo volto nello specchio; con un certo compiacimento notò che un curioso candore accendeva il suo sguardo. Quanto tempo! Al piano aprì la porta di casa senza far rumore, dentro, nella stanza regnava un piacevole tepore, le braci ancora accese l'avevano mantenuta calda, meno male! Maria aveva ancora le scarpe bagnate dalla pioggia; l'indomani avrebbero fornito la prova che la sua breve fuga era avvenuta davvero pensò, si sedette davanti al camino e appoggiò i piedi a scongelare sopra gli alari; ecco – scongelare – era una buona parola per quella sera, ma non ci volle pensare non volle analizzare non voleva giudicare, tantomeno farsi giudicare da se stessa.

Chiuse gli occhi e richiamò alla memoria il suo concerto, suo suo che se l'era meritato, l'aveva gustato vi era scivolata dentro, si era inzuppata come il suo piede nella pozzanghera, era stata la musica a risvegliarla proprio quando lei le era andata incontro, forse quella che aveva vissuto era stata un'avventura trascurabile, la musica e tutto il resto, una occasione temporanea unica e senza seguito, per Maria invece in quella notte, la sua le era sembrata risplendere come una grande fredda e luminosa aurora boreale.

Era quasi l'alba quando si addormentò cullata dal rumore della pioggia che cadeva ancora e dentro perché no? un incantevole profumo di invisibili e persistenti lillà.

6

Al concerto successivo nessuno dei due si presentò, in seguito si erano confessati sorridendo che ciascuno di loro aveva avuto paura che l'altro non si sarebbe presentato, oppure, aveva aggiunto Maria, avevano temuto che la seconda volta non si sarebbe ripetuta la fortuna di quella prima serata; avevano temuto di restare delusi.

Erano pieni di timori tuttavia avevano avuto la sincerità per denunciarli e l'ironia per sorriderci su; essere sincera per Maria era un fatto naturale tanto quanto essere riservata perché era coraggiosa, un'intelligenza libera priva di strategie incompatibile con le menzogne.

Da subito quel Mario aveva capito che con Maria aveva di fronte un altro mondo, con codici paesaggi e realtà completamente diversi, del tutto opposti a quell'intruglio di bugie equivoci costruzioni artificiose racconti mistificati e di tutti quei gingilli illusori in cui era asfissiata la sua precedente relazione.

Più conosceva Maria più apprezzava l'onestà della sua intelligenza la forza del suo temperamento volitivo e orgoglioso, si lasciava trascinare dalla sua storia e dal racconto che lei via via ne faceva; il racconto di un lento inesorabile declino, a lei era parso, senza inciampare in nessuno scoglio della coscienza, tratteggiava la sua storia di ironia e di poesia anche quando consegnava nelle mani di lui reperti acciuffati in una sorta di archeologia dei sentimenti, conchiglie riportate da fondali profondi e gelidi dalle quali si poteva ancora ascoltare il canto degli abissi.

Erano due superstiti scampati ad un personale naufragio, dunque con prudenza si lasciavano andare, specialmente Maria che la solitudine non spaventava, al contrario di Mario.

Si incontravano per ascoltare musica, a volte finivano per gironzolare dentro qualche piccola città di provincia o fermarsi a mangiare in un paesino in collina; erano passeggiate irresponsabili, non gravate da alcuna aspettativa da nessun progetto, non appena la stagione si era addolcita poi, avevano raggiunto il mare, passeggiavano a lungo spesso in silenzio l'uno accanto all'altra, soli con le loro ombre che camminavano davanti o dietro a loro; una volta Maria si era sorpresa a osservare le ombre che il sole dipingeva sulla sabbia ai loro piedi, si univano si fondevano si allontanavano appena, formavano un bellissimo disegno; quella fusione delle loro ombre, aveva pensato Maria, possedeva un qualche incanto immateriale, essa le parve la trasposizione di una vicinanza più intima di quella che potevano permettersi i loro corpi, ma non disse nulla.

Imprevedibile Maria! Si era rialzata aveva ripreso a camminare stava tornando in forma era bella di nuovo bella e tanto attraente.

Stavano tornando a respirare, facevano bene l'una all'altro, la trama intera di quell'amicizia era intessuta di lealtà e di delicata sollecitudine; in qualche modo tutti e due ritenevano di aver pagato al dolore il loro tributo, così si erano promessi, e più tardi giurati, che non si sarebbero fatti del male in alcun modo, questo era lo scopo del loro legame.

«Il nostro giuramento mi dà una forza immensa e completamente nuova!» le aveva detto un pomeriggio sotto la calura di un sole cocente mentre in macchina attendevano che un nutrito gregge di pecore maremmane liberasse la strada e li lasciasse ripartire.

Stavano ricominciando, anche se non era facile crederlo; tuttavia invisibili abitanti dell'anima silenziosamente laboriosi erano all'opera e si stavano dedicando come accorti orologiai ad un lavoro minuzioso, oscuramente riparatore.

«Sento l'odore del vento» aveva sospirato Maria al declinare di una giornata trascorsa in casa di lui; nella stanza regnava un disordine accumulato nel tempo e tutto intorno una piacevole trasandatezza. Maria notò che in nessun luogo si scorgeva alcun segnale della presenza di una donna, nessuna traccia inquietante, nessun ricordo del passato; quella era la casa di un uomo solo. Maria ci si sentiva bene.

Da lontano giunse il suono di rintocchi lenti e cupi, era l'eco delle campane di una chiesa oltre il fiume.

«Sento l'odore dei rintocchi» aveva esclamato Mario con un tono serio «scommetto che tu no, nel qual caso, l'allievo avrebbe superato il maestro!»

Scoppiarono a ridere insieme, ridere, «Sei preziosa» le aveva sussurrato guardandola negli occhi.

«È bellissimo davvero, non scherzo» lo aveva incalzato Maria sottraendosi in parte all'imbarazzo «sento di nuovo ogni cosa sento il benessere la stanchezza la noia sento il profumo delle spezie il canto degli uccelli la voglia di seguirne il volo sento l'odore delle persone, è finita l'apnea, è finita Mario sono tanto felice!»

Lui l'aveva abbracciata stretta, l'aveva baciata accarezzata; cara, cara, come una mareggiata dolce lei era penetrata a dissetare il suo spirito come l'acqua sulle zolle di terra arsa e spaccata; era innamorato della sua sensibilità profonda acuta femminile era innamorato di quello che diceva e del suo modo non convenzionale di parlare, lei aveva scoperchiato il tetto del suo cielo che fino ad allora aveva sacrificato il suo pensiero al buio, stava imparando a conoscersi grazie a lei che non gli chiedeva che di essere senza necessità di rappresentarsi, analfabeta imparava una nomenclatura austera semplice coraggiosa e tanto tanto vera; era come se Maria avesse bonificato con le sue mani tutto intero il suo spazio, gli avesse svelato un altro modo di legarsi, di stare insieme nella fiducia; era sceso nel suo personale inferno e aveva creduto che quello fosse il suo sinistro Eldorado, ora tutto quello gli appariva infinitamente lontano; al vecchio orizzonte che senza più sperare scrutava, si era affacciata Maria e lui poco a poco se ne era innamorato.

Tentò di spiegare tutto questo a lei, non era facile, era un uomo che aveva appena cominciato a disimparare il vizio di dominare, a dismettere l'abitudine ai ruoli, non era sicuro di riuscire, parlò a lungo, una dichiarazione concitata carica di slanci del corpo, la stringeva a sé sorrideva e poi si confondeva, le aveva preso la testa tra le mani e la tratteneva perché non perdesse una parola, perché lo guardasse; lei lo trovò buffo impacciato sincero, aveva sentito il corpo di lui impegnato come se stesse affrontando uno sforzo fisico, forse per lui lo era, in fondo stava rischiando, era innamorato e voleva che anche lei lo fosse, che lei gli credesse, che lei credesse in lui.

Solo quando aveva smesso di parlare, Maria aveva riottenuto la sua testa, «Credo di essere stata tenuta così al mio battesimo!» se ne era uscita, poi lo aveva tranquillizzato assicurando che quella temporanea e insignificante regressione nel tempo non l'aveva in alcun modo distratta da lui!

Mario non aveva protestato per quel gioco, l'aveva tenuta tra le braccia inseguendo pazientemente il pensiero dedicato a lui, la risposta di lei, la verità sull'amore; lei aveva guardato il suo viso, un miscuglio di bellezza e di rozzezza, si era stretta a quel corpo in cui pareva esprimersi tutta la sua grossolana vitalità e poi lo aveva baciato; in quel bacio lui aveva ricevuto il suo cuore senza la riserva di un pensiero nascosto, il residuo di una intenzione che non fosse per lui. Era sicuro di amarla, amava finalmente amava.

Era successo a loro due e in un modo così nobile; non conoscevano la portata di quello che stava accadendo, Maria non parlò più – Esisto ancora – pensò, aveva la sensazione che la sua vita si fosse rimessa in movimento, come uno stormo di fenicotteri che prendono il volo sorpresi dall'onda che scroscia con vigore imprevedibile sulla riva.

Aveva cominciato ad avvertire la presenza di una di quelle realtà invisibili alle quali aveva smesso di credere e delle quali sentiva di nuovo in sé il desiderio e quasi la forza di consacrare la vita. La vita.

«Stai con me stai con me» le ripeteva lui che iniziava a sentire la nostalgia di loro due non appena lei accennava a lasciarlo ed era solo l'indomani che si sarebbero rivisti, tornavano a cercarsi ogni giorno, ogni giorno il desiderio di stare insieme li saldava, e ogni giorno si incontravano.

Maria scendeva ad aspettarlo in strada accanto all'albero delle mimose le cui radici poderose avevano divelto l'asfalto e correvano come arterie di legno lungo le crepe del marciapiede, l'attesa dell'incontro saccheggiava a tal punto gli istanti che lo precedevano, che ella non trovava più una sola idea un pensiero superficiale che potesse trastullare in qualche modo far riposare il suo spirito impaziente.

L'amore è nulla aveva affermato una volta, tuttavia ora avrebbe affermato che per carità non si trattava neanche di amore, trasformando così in una partitura permanente, una procedura obbligata, alla cui abitudine il tempo avrebbe messo una qualche sordina.

Imprevedibile Maria! Dopo poco più di un anno si erano sposati.

Lo vedevano tutti che la Maria era felice, sembrava rinata!

L'amore è tutto, aveva promesso lui con quella sua trascinante superficiale vitalità, Maria non si era opposta, al contrario, a lei che ignorava quasi tutto di sé circa l'amore, toccò che la sua dedizione fosse estrema così come lo era stata nel viaggio in quel regno imperturbabile e inconcludente dove la sua volontà si era arenata e che aveva annientato ogni illusione.

Aveva cercato di ricomporre la vita così esattamente intorno alla sua verità così, dentro il tracciato intimo e imperfetto del racconto che intrecciava sull'amore, aveva scoperto che quando si trattava di amore lei si chinava come una corolla sotto il peso di un'umile ape; non aveva più timore che all'attesa della persona amata seguisse la delusione della sua presenza; era stata smentita, questo la rendeva felice.

Forse la felicità ci tocca in sorte quando ci è diventata indifferente e non era detto che quella sopraggiunta fosse quella che cercava. Non era la felicità che inseguiva, quanto la condizione estrema a cui l'avrebbe spinta la sua missione, perciò aveva lasciato che l'amore pervadesse ogni angolo del suo tempo delle sue decisioni delle sue espressioni e delle sue facoltà, aveva colato come in oro un marito di sincerità, fedeltà e di lealtà e in quello aveva versato il destino di ogni sua aspirazione.

Il tempo attuale gridava vita; nel regno esiguo dove aveva riempito il suo sacco di silenzio e dove il tempo si era consumato in una lunga declinazione del nulla,

Maria aveva imbastito gesti vani e impazienti sulla tela lacerata della sua esistenza.

La vita adesso esplodeva come i fiori rosa dell'ippocastano che si aprono in una sola notte.

Non era soltanto l'amore a colmarla, era il sentimento della vita che cercava prepotentemente il suo spazio, era una passione di vivere che si era solo ritirata nell'ombra, di cui l'amore era l'accesso fulgido, e alla quale non avrebbe più rinunciato.

Voleva recuperare il tempo perduto aveva ripreso a studiare si sarebbe laureata in archeologia, si era messa a cercare un lavoro si era trasferita a vivere in un piccolo appartamento acquistato insieme a Mario; seduta sulla plancia della sua esistenza aveva la sensazione di dirigere la vita; non era stato facile fidarsi dell'amore e dell'uomo che aveva sposato perché era di se stessa che non si fidava più; l'avevano fatto insieme dipingendo sulla tela le ombre volatili dei loro consistenti timori; il passato non era scomparso, non poteva, tuttavia ambedue conoscevano le ombre che avrebbe gettato sul loro futuro, avevano riempito il loro presente con le promesse, l'alleanza e i loro pegni d'amore, come fiori, essi colmavano le ceste delle loro semine e dei loro primi raccolti.

O tutto o niente si era promessa, non aveva più importanza il luogo, non era più necessario fuggire per uscire incolumi dalla mischia appunto; tutto o niente aveva attinenza con l'aspirazione ad un senso pieno di sé, con il bisogno febbrile di qualcosa di immenso di cui non si intravedano i confini, un sentimento dell'assoluto che non l'aveva mai abbandonata e che non aveva in nessun modo a che fare con la felicità, solo con la vita, la vita.

Non è l'essere reale che amiamo a renderci felici, bensì lo stato di grazia e di potenza in cui l'amore ci innalza che è ripetibile perché attiene alla capacità di amare; è un attributo dell'amore e non della persona amata, perciò torna ad essere una nostra facoltà, sarà di nuovo nelle nostre mani quando la persona in cui la vedevamo espressa se ne sarà andata. È impossibile pensarlo quando si è innamorati e si fa coincidere l'amore con il suo oggetto.

Maria e Mario sposi; alla vista dei loro nomi appaiati sugli inviti, Maria aveva provato la stessa sensazione di indifendibile banalità di quando lui, la prima volta, le aveva urlato il suo nome.

Non era quello un motivo sufficiente per non sposarsi né per non farlo sapere a nessuno, Maria aveva sperato fino alla fine che Mario avesse in dotazione un secondo nome poiché a dire il vero il suo a lei piaceva, era quello di lui, venuto dopo peraltro, che trovava scontato e che insieme al suo dava un totale di coppia insulsa, di coppia (parola che provava una certa difficoltà a pronunciare, figuriamoci poi ad attribuirsela), di coppia banale, di basso profilo.

Non aveva amici lei in quel lungo sonno era rimasta da sola, nessuno a farle compagnia, aveva cacciato chiunque; non frequentava gli amici di Mario solo perché era sua moglie, erano in realtà rimasti tutti incantati da lei, di Maria colpiva la personalità eccentrica la sua vitalità estremamente soave, la rendeva cara un certo sentimento penoso, una dolenzia che l'allegria velava ma che sopravviveva asserragliata dentro le stanze disabitate della sua immensa malinconia.

Ah, vita! pensieri al futuro scrosciavano nella sua testa attiva brillante mobile; all'università, dentro il suo gruppo di ricerca, amicizie importanti le insegnavano a collaborare, a lei che aveva imparato ad osservare le cose da sola e da lontano; immensamente amava i suoi studi i suoi amici i suoi libri amava seguire le lezioni amava la sua facoltà e il percorso tortuoso per raggiungerla, le pause pranzo e il clima degli esami, tutto quanto della sua vita in verticale era riuscita a fare da quando si era alzata dal letto.

Tutto questo entrava nel racconto amoroso dentro il quale lui si mostrava sempre presente e appassionato.

«Mi hai cambiato la vita Maria, anzi hai svelato me a me stesso.» E poi si amavano con una impressionante intensità con una gioia trepida che sfiorava la reciproca riconoscenza – si erano salvati – con un ardore impudico e benedetto una certezza della felicità che aveva il passo dell'addio al dolore, a cui insieme concorrevano e che irradiava esiti benefici fin nelle occupazioni che li tenevano separati, come una schiera di farfalle dalle ali di seta bianche che si spargono in volo sui fiori radi in ogni angolo della siepe sbocciata.

Amare si può Maria.

Il pensiero di rendere felice qualcuno, di essere una fonte di amore la faceva sentire ricca e straordinariamente fortunata, ma ancor più, il pensiero inviolabile e sfacciato di accettare di ricevere amore da qualcuno e di poter essere felice con lui, aveva fatto giorno nell'emisfero buio e rischioso in cui Maria aveva avuto paura di camminare.

La certezza della felicità, anche se non la felicità, era già qualcosa.

Lasciarsi amare si può.

«Rimarrai con me» le chiedeva lui continuamente, aveva paura di perderla e con lei tutto quanto di sé aveva trovato. «Con te ho tutto» le aveva detto una notte, Maria aveva preso il viso di lui tra le mani, «Tu sei la mia vita» gli aveva sussurrato senza sforzo e senza timori e poi si erano addormentati.

"Dopo cento anni e cento mesi l'acqua torna ai suoi paesi."

Quella notte Maria aveva fatto un sogno; era in campagna giocava nell'aia assolata della casa di una zia paterna, avrà avuto quattro o cinque anni, correva con un bastoncino in mano dietro alle oche che razzolavano sul prato, certe bestiole grasse che non si lasciavano turbare per nulla, concedevano una sbattuta d'ali, si sparpagliavano poi riprendevano a sculettare indifferenti; così Maria si era messa a gridare in preda ad un accesso di rabbia, allora il suo babbo l'aveva presa per mano e l'aveva fatta sedere su una magnifica altalena che pendeva dal ramo di una quercia secolare e mentre lei dondolava, lui cantava quella cantilena «Dopo cento anni e cento mesi l'acqua torna ai suoi paesi», una nenia antica che tante volte il babbo le aveva ripetuto.

Si era svegliata all'alba assalita da una malinconia funesta una sensazione ambigua; quell'episodio era accaduto davvero, glielo avevano raccontato, allora perché quella nenia lugubre le aveva lasciato dentro un presentimento, come l'irruzione di un irreparabile che aveva offuscato il suo cielo?; il passato non passa si era detta, non si sentiva così da tanto tempo, ma non ci volle pensare, era stato solo un temporale nella buona stagione che non aveva fatto danni ai campi coltivati e ben curati; a questo si appoggiò, la sua vita ora cresceva su una terra arata rivoltata e abbeverata, la terra di una regione fertile che lei amava anche nelle giornate in cui si abbatteva un temporale, non si sarebbe lasciata abbattere lei, non avrebbe ceduto, noi non avremmo ceduto, le aveva assicurato suo marito, con quel sorriso seduttivo e rassicurante che a lei pareva racchiudesse la somma di tutti i sorrisi che aveva amato, le avevano fatto bene e che non ricordava forse, ma le cui tracce riflesse si erano trascinate nella memoria dei sensi; in qualche modo erano quelle ora a rendere quel sorriso così unico ed efficace così intimo e così tanto amabile.

Non era più sola, ora aveva la forza di respingere le convocazioni del dolore, ora contemplava con tenerezza la bambina che litigava con le oche, ora amava ciò che aveva e quello che era diventata e amava ciò che erano stati capaci di costruire insieme a suo marito, lei adesso aveva fiducia che non avrebbero permesso a nessuno di guastarlo.

Per sempre era un tempo che spaventava, finché morte non li avrebbe separati; nel recinto della vita pensata era difficile da concepire, eppure era quello che stava facendo con suo marito, tenersi stretti, rispondere con il noi all'appello delle sollecitazioni del resto del mondo, insieme come quelle barche quelle cime d'ormeggio che l'onda fa oscillare ma non mette in serio pericolo.

Il suo spirito rinnovato contemplava l'orizzonte dalla vetta di una cordigliera di cime conquistate, dove respirava un'aria rarefatta e pulita; l'orizzonte che scrutava era popolato dalle proiezioni di immagini e figure che adesso con forza si augurava di conoscere.

La mia vita è un canto aveva pensato uscendo dall'aula dell'università dove aveva conseguito la laurea; era gioiosa, tutto il giorno l'aveva accompagnata una sottile fibrillazione; ce l'aveva fatta aveva onorato un sogno non vedeva l'ora di festeggiare con suo marito, la notte precedente era rimasta a lungo sveglia le era tornato di nuovo alla mente l'inesauribile spazio delle sere e delle notti in cui non lo aveva ancora conosciuto; si era sdraiata accanto a lui aveva per lungo tempo respirato al suo stesso ritmo, contemporaneamente, le piaceva quando il passo dell'uno si confondeva col passo dell'altro, le piaceva il pensiero che nella costruzione dell'amore, tanto ancora l'attendesse e la certezza che ogni giorno aggiungesse arredo allo sfondo scarlatto della loro giovane vita familiare.

La realtà è il peggiore dei nemici ci lancia i suoi attacchi nei punti del nostro cuore dove non li aspettiamo, dove non abbiamo preparato una difesa.

Al ritorno da un viaggio di ricerca in Grecia, raggiante e al colmo della gioia, Maria aveva conosciuto la verità, le era piombata addosso all'improvviso, come la pioggia imprevedibile di zolfo e di pece che cade dopo i momenti più gioiosi.

Se non fosse stato costretto a parlare lui non l'avrebbe mai fatto.

Poteva essere Mozart, il *Requiem*, le note del *Dies Irae* quelle che accompagnarono la scena che seguì.

Fuori un cielo rossastro al crepuscolo di un giorno caldo; erano una di fronte all'altro in piedi nella loro stanza da letto, Maria era agitata si controllava a fatica pareva una belva che ha visto entrare nella sua gabbia il pitone che la divorerà.

«Perché me lo chiedi, dal momento che ci hai visti?» aveva risposto lui senza lasciarsi intimorire, aveva preso a guardare fisso quegli occhi feroci, sembrava volesse sfidarla Mario, con quella bella disonestà dei suoi occhi, aveva armato uno sguardo fermo e provocatorio, una freddezza con cui pareva fronteggiare la porta di casa.

A Maria era salito il sangue alla testa le guance si erano fatte di brace, «Chi è» aveva urlato con una rabbia che non le sarebbe servita a nulla e che issava senza successo sul prato della sua disperazione; in quel preciso istante stavano morendo tutte le inesorabili ragioni su cui aveva fondato la sua prosperità. Nondimeno voleva sapere chi fosse.

«È Nina, Nina!» un urlo funebre come il grido di una civetta le era giunto dritto al cuore e vi si era conficcato.

Nessun pensiero intelligente l'avrebbe potuta aiutare

a immaginarlo, nulla di più imprevedibile e micidiale. «No no com'è successo... di nuovo lei... quando... ma perché? Oddio non posso crederci.» Il discorso si sbriciolava, sentiva ogni sua facoltà venire meno eppure aspettava una risposta attendeva interdetta il colpo di grazia.

«Non abbiamo mai smesso da quando io e te ci siamo sposati, mi dispiace.»

Ogni reazione si era come cristallizzata durante quell'attesa, un contrappeso pari al colpo ricevuto si era staccato dal fondo e non riusciva ad emergere, Maria lo guardò con un'espressione di doloroso stupore e in quello colse in lui uno sguardo del tutto estraneo immobile e sognante rivolto, le parve, ad un punto molto al di là degli oggetti circostanti, un punto – pensò – che lei non aveva mai raggiunto in tutto il tempo in cui si erano conosciuti.

Rabbrividì. Si era sentita espulsa dal suo cerchio intimo cacciata di casa ignorata, si era sentita annullata offesa tradita, non ora, da sempre.

Non era neanche in grado di parlare adesso travolta così com'era stata, dalla stupefazione e dal dolore, aveva tutti i pensieri scompigliati e tutti erano troppo violenti per confessarli.

«Ma-le-detto! Maledetto!» come un giaguaro si era scagliata contro di lui e aveva preso a schiaffeggiarlo, erano stati pugni calci e sputi in faccia, come se colpendo il suo corpo Maria avesse potuto fare fuori il dolore, era stata sbranata dal dolore, non sarebbe stato così atroce così devastante, se il male non avesse scelto quelle speciose apparenze per celebrare il proprio trionfo.

Non avrebbe potuto salvare nulla nulla.

Perché l'aveva fatto?

Lui aveva tentato di spiegare le sue ragioni del cuore, disse che lei lo sapeva, quella storia era più forte di lui, che in ogni caso lui la amava aveva bisogno di sua moglie, che prima o poi gliel'avrebbe detto ma temeva che lei lo avrebbe lasciato, poi aveva aggiunto tanto per non farsi mancare nulla della scuorante mediocrità di quella scena, che le cose non stavano come lei credeva e che comunque avrebbe potuto spiegarle...

Maria non aveva inteso nulla nulla, solo che stava crollando tutto intorno il suo universo, si sgretolava scena per scena quello che aveva messo in piedi credendo di non essere sola, tutto era distrutto come alla fine di un tragico inatteso cataclisma, provava orrore a guardare i resti, si trovò a fronteggiarli lei, barcollante in mezzo a frantumi di schegge dai bordi scarlatti, tracce scadenti di una festa ignota e colorata che lei aveva creduto di allestire, a cui si era illusa di essere stata invitata e di cui non restavano che macerie, che macerie.

E poi era fuggita via via da lì via da quella casa bombardata e saltata in aria, si era ritrovata per strada, lui non aveva neanche provato a fermarla, come dopo un terremoto in cui avesse perso tutto e al quale non era certa di essere sopravvissuta.

Provava ribrezzo per quello che aveva fatto suo marito, odio e rifiuto per lui ripugnanza adesso, eppure non era semplice liberarsene poiché in quegli anni lui era stato come il generatore di un'immensa costruzione che aveva edificato dentro e fuori le pareti del suo cuore e ora si era fortificata intorno ad esso; non a questo pensava ora, stava male faceva fatica a respirare sentiva un peso lì sul petto, non riusciva a camminare, ad un tratto si fermò, era finita lungo un viale disseminato di foglie secche, una leggera brezza le strappava ai rami e le faceva galleggiare in aria si libravano per qualche istante come grosse farfalle autunnali prima di atterrare, Maria cercò di respirare, l'aveva presa una specie di singhiozzo che le strozzava l'aria in gola, si sentiva mancare, così raggiunse poco più avanti una panchina di legno abbandonata ad una vecchia fermata del tram, sedette sopra le foglie e la polvere guardò le sue mani vi tuffò dentro il viso e si lasciò andare ad un pianto soffocato e inconsolabile.

Quello che era accaduto le sembrava irreale e forse dentro di sé in qualche modo si sentiva colpevole di non aver intuito, saputo vedere tutta una vita che scorreva al posto di quella che credeva di vivere, come aveva potuto convivere accanto alla follia di un uomo che l'aveva ricoperta di menzogne, avvolta dentro un racconto falso, come in un bozzolo di seta? Il senso spaventoso di quella rivelazione aveva trascolorato non solo il presente ma di colpo tutto il passato insieme, le parve terribile incredibile, dove era vissuta in quegli anni? Come era accaduto? Si sentiva come una mendicante sola curva sulla panchina, le faceva male tutto il corpo come se fosse stata battuta bastonata, le faceva male il sangue le pareva che la testa scoppiasse, come brevi intermittenze le scorrevano davanti di seguito le immagini, tante e tutte uguali, delle cento sere e cento in cui si erano addormentati insieme, i gesti comuni, la vita piccola familiare e tanto cara che adesso era costretta a rivedere sotto l'altra luce, niente era stato come lei aveva creduto tutto quello su cui a fatica aveva costruito la sua fiducia, la sua buona fede, era già tradimento.

Il cielo che l'aveva tenuta tra le mani tutto quel tempo – le pareva – ora la lasciava cadere ora lasciava che diventasse lo zimbello di se stessa la lasciava andare nella schiera dei vinti senza riparo e senza possibilità.

Da quanto aveva cominciato a cadere e a precipitare? No – si disse – no non potrei ancora tornare laggiù, non potrei di nuovo; forse l'uomo sulla Terra ha una possibilità limitata di sopravvivere al dolore, a lei sembrava di averla esaurita tutta, forse un tempo aveva potuto guardare al futuro, adesso ovunque si volgesse provava paura sofferenza e orrore. Dovunque.

Aveva freddo aveva voglia di vomitare, le menzogne, la perseveranza nella menzogna rendevano ignobile tutto ciò che aveva di più caro, qualcuno aveva soffiato dentro la sua realtà e le aveva sottratto il tempo e aveva spaccato la testa alle illusioni.

La realtà che conosceva non era più vera di quella ignorata.

Come in una brutta fiaba aveva vissuto con un diabolico sconosciuto di cui ignorava il segreto come quel personaggio che nessuno sapeva tenesse in una bottiglia la principessa della Cina.

La rabbia che la incendiava fino a quando l'avrebbe

sostenuta? Perché l'aveva fatto? Dinanzi a lei lui si era prostrato aveva denunciato la sua doppiezza le aveva giurato che lui la amava che le due storie non si sfioravano.

Sciocchezze menzogne chiacchiere mediocri che riducevano il loro racconto amoroso alla trama scadente di un fotoromanzo, una storia di tradimenti dove le due donne erano cornute a turno e l'uomo si eccitava solo nel mettere in atto un tradimento.

Maledetto! Sentiva vibrare come il suono di una nota prolungato da un pedale, la sensazione di quegli ultimi istanti prima di separarsi, un miscuglio di disgusto sbalordimento e umiliazione, la paura di impazzire perché quella rivelazione non entrava nella sua testa non ci poteva entrare non la poteva accettare.

Non si sentiva solo tradita e truffata, si sentiva negata cancellata negati i suoi sentimenti se stessa la sua esistenza il suo cuore che ora era intrappolato nel gelo come una fontana avvolta dal ghiaccio al buio inclemente di una notte invernale.

Non posso accettarlo, non voglio, non dovrò farlo – si disse – e per un breve istante il suo spirito parve placarsi ispirato da quella promessa, nessuno può costringermi a subirlo, con quel pensiero si accompagnò, a quella decisione presa su di sé si affidò e la morsa parve allentarsi. Qualcuno traversò la strada in bicicletta le gridò che il tram non fermava più lì. Il mondo continua a scorrere tutto intorno – si disse – poi il dolore riagguantò la presa e non la lasciò più andare.

Seduta in quell'angolo desolato alla fermata dismessa

di un tram che non sarebbe mai arrivato, quella vecchia panchina scorticata era divenuta evidentemente la roccaforte di una esigua colonia di piccioni che gironzolavano intorno pesticciando le foglie e becchettando insetti incauti; ogni tanto un piccione svolazzava indolente fino al bordo della seduta in bilico sulle rachitiche zampette rosa, ruotava il capo poi ripiombava a terra pesante sopra il dorso degli altri piccioni ammassati. Conosceva tutto dei piccioni Maria, come erano fatti le abitudini il volo la cova, li aveva osservati a lungo con il suo binocolo; era stata capace di conoscere le vite degli altri purché fossero lontane, la vita che le viveva accanto non era stata capace di guardarla da vicino.

Stava cercando di resistere al colpo attimo dopo attimo resistere al dolore alla verità; tuttavia era uno sforzo inutile perché il dolore non sarebbe cessato, non sarebbe cambiato non sarebbe diventato accettabile neppure nominabile, quel colpo per lei era stato come un assassinio.

Tutto il suo corpo tremava per l'ansia, le tremavano anche le mani – come mio padre, pensò – in quello poi si era messa a dondolare compulsivamente avanti e indietro come se cullasse il suo dolore come se cercasse di trastullare il corpo, di consolare il pensiero; non riusciva a contenersi non ce la faceva a togliersi da lì insisteva rannicchiata in quel punto a dondolarsi come un uccello caduto a terra dal ramo che seguita ad agitarsi incapace di riprendere il volo.

Finché rimaneva lì non doveva decidere cosa fare di sé dove andare, allora chiuse gli occhi e immediatamente si ripresentò la scena di prima, identica agghiacciante come lo sguardo di suo marito che l'aveva fissata con gli occhi di una vittima ignorante, che rivendicava il grave torto di non essere creduto.

Un coretto di gole noiose si era messo a tubare. Quanta tristezza – pensò Maria – aveva riaperto gli occhi, il tramonto aveva steso un velo grigio su quell'angolo buio, la luce si era spenta ormai o era lei che ne era rimasta tagliata fuori?

Adesso era proprio sola, sarebbe stato così tutto il tempo a seguire? A ripercorrere sera dopo sera, un attimo dopo l'altro, a interrogarsi in quali occasioni suo marito poteva averle mentito, a cercare indizi scovare i barlumi di un presentimento.

No no non avrebbe subìto questa tortura si sarebbe risparmiata quella condanna, lei non la meritava, ed ecco che una parte di sé, inabile si rifugiò in quel pensiero provvidenziale e così determinato, come se quello conoscesse il modo per salvarla dalla ferocia del dolore che l'aspettava.

Adesso era proprio nuda, era come se la sua storia fosse sparita in un breve attimo eterno, come cenere di carta bruciata.

Si prese la testa tra le mani, era sprofondata in un buco nero capitolata in uno di quei luoghi estremi che corrodono la felicità da dove era sicura non sarebbe più venuta fuori; non aveva alcuna speranza, nessuno sarebbe passato di lì, nessuno avrebbe più attraversato la sua vita, il destino l'aveva inghiottita le aveva sottratto i giorni felici e le aveva indicato la fine.

Il suo grido disperato squarciò il silenzio di quell'isola improbabile, come un sasso si schiantò in mezzo al cerchio dei piccioni che si sollevarono di colpo in volo spaventati; pochi battiti di ala e poi riguadagnarono immediatamente il presidio del loro territorio occupato.

Quanto faceva male, non voleva pensare a lui eppure era costantemente lì addosso a lei come un cattivo odore come una persona morta. Come si fa a fare in modo che passi, che tutto scompaia, che quella storia fosse dimenticata?

Da lontano giunse l'eco indistinta dei rumori del traffico, il bagliore delle luci artificiali, era l'ora dei ritorni a casa, tutto scorreva al di là del muro – pensò – si era fatto buio, in cielo erano comparse certe striature di un colore traslucido un blu d'ali d'insetto che a Maria sarebbe parso tanto bello se non fosse stato un riflesso tagliente come acciaio, l'ultimo balenio forse che nella sua infaticabile crudeltà le infliggeva ancora quel giorno interminabile pesante come una pagina di pietra.

Era stata esclusa da tutto – pensò – era finita non sarebbe più tornata nella sua casa, senza sforzo infilò quel pomeriggio nella collana dei giorni memorabili, trovò la forza di alzarsi; le sembrò che una sfoglia di sé fosse rimasta là seduta ad aspettare, quando si incamminò la colonia di piccioni aveva già riguadagnato la panchina; la videro allontanarsi come un fantasma incontro ad una oscurità immateriale, si inoltrò nel viale giù giù finché non divenne un puntino scuro perduto in fondo al buio e poi scomparve.

Era quasi mezzanotte quando Maria suonò al campanello di casa del babbo, lui aveva impiegato tanto tempo ad aprire, il campanello a quell'ora! era spaventato tremava tutto gli tremavano le mani, quando era apparsa sulla porta, la figlia, l'aveva vista in uno stato pietoso, Figlia mia! le aveva chiesto spiegazioni era sporca di sangue in faccia sul collo, per strada era caduta aveva sbattuto la testa le ginocchia erano tutte sbucciate aveva le calze rotte le mani sporche la faccia gonfia, aveva visibilmente pianto; disse al padre che c'era stato un brutto litigio con Mario, ma il babbo si accorse che c'era qualcosa di grave vide che era sconvolta che era fuori di sé; per fortuna voleva dormire lì, così si era diretta in camera sua.

Ci sono occasioni eccezionali in cui uno sguardo gettato verso un oggetto o un ambiente diventa uno sguardo nel tempo, l'anticipazione visionaria di quello che succederà, una sorta di presentimento; così Maria non appena socchiuse la porta della sua camera, immediatamente fu assalita come da un branco di belve, dai morsi della memoria di innumerevoli notti e degli spaventosi giorni e anni in cui si era consumata la sua via crucis; il solo pensiero di dover ripercorrere qualcosa di simile, il presentimento amaro delle future sofferenze oltre che del dolore presente divenne insopportabile.

Non succederà più non verranno a prendermi di nuovo quegli incubi e quella confusione, no non si era conservata per il dolore, o tutto o niente si era promessa non lascerò che la Morte venga a tormentarmi. Non una particella di dolcezza sfuggiva a quella pessima storia, non c'erano giorni felici da conservare, memorie asciugate e lavate dal fango, ricordi intatti, nulla di buono di quello che avevano vissuto sarebbe sopravvissuto – tutto marcio tutto fasullo – era successo a lei, d'un tratto era franato il castello in cui aveva immaginato di dormire e si era risvegliata sotto una coperta di macerie era rimasta lì; o tutto o niente, dunque aveva dei doveri verso se stessa.

Pensò a sua madre, lei era stata felice le aveva detto, aveva avuto i suoi giorni di festa; quanta vita era trascorsa in mezzo, pensò all'impazienza del tempo delle sue illusioni, a lei era toccato giusto il tempo del sabato del villaggio il tempo carico delle promesse e delle attese e poi aveva perduto anche quello e non si era trattato solo di un inganno; forse gli esseri che amiamo non sono che un luogo immenso e vago in cui riporre la nostra disperata tenerezza, li ritocchiamo continuamente secondo i nostri desideri, i nostri timori; quello che aveva guardato era il frammento di un altro mondo, c'era da impazzire, l'uomo che aveva creduto di conoscere era soltanto una persona dipinta nell'orizzonte del suo pensiero, nulla era rimasto se non il peso di quel mistero doloroso in cui sentiva di essere sprofondata, che in avvenire avrebbe fatto di lei uno di quegli esseri anfibi immersi contemporaneamente nel passato e nella realtà attuale.

Aprì la finestra e uscì sul balcone, tutto si era fermato dentro, si era rotto, era successo là nell'altra casa, ad un certo momento il suo spirito aveva subìto un infarto lui l'aveva tradita l'aveva avvelenata l'aveva imbrogliata carta straccia tutto il resto; lo scenario tetro che nel passato era scomparso nascosto arrotolato sul soffitto del Teatro adesso era stato di nuovo calato – di nuovo – per il finale.

Silenzio a quell'ora lassù si poteva sentire solo un ronzio e un debole brusio e un tintinnare leggero come lo scompaginato accompagnamento di un'orchestra di fantasmi ad un paio di gatti che sgusciavano tra l'erba si arrampicavano sui rami di un melo che ondeggiavano di foglie e di frutti rossi dondolanti come lanterne cinesi; ciò che dissero sembrò la frenetica musica di una danza di ombre sovrapposta a qualcosa di molto reale e pieno di sofferenza.

Si era accorta di tutto Maria, il fumo che saliva nel buio dietro l'albero delle mimose e poi il grido delle cornacchie che cominciò a cadere da altezze infinite giù giù Maria! Attraverso l'aria rigida delle notti umide di ottobre come argento sparso per l'eternità nell'azzurro cupo del firmamento.

«Pronto? Sì dimmi, la portate ora? Va bene.»
Lo squillo del telefono disturbava sempre i pazienti anche i più danneggiati, certuni che sembravano assenti sordi privi di parole non riuscivano neanche a girare gli occhi; i fisioterapisti c'erano abituati, seguitavano il loro lavoro curvi sui lettini senza neanche accorgersi.

In quel momento al reparto c'era la nonna Elide una vecchina di novantatré anni che aveva rotto il femore e stava cercando di muovere un passo, ma siccome era sorda non capiva niente di quello che le dicevano di fare; c'era il principe, un ragazzo dagli occhi azzurri che si era spaccato l'osso del collo dopo un tuffo da uno scoglio, lo facevano stare in piedi assicurato con delle cinghie ad un lettino che avevano fatto ruotare in verticale, non parlava, si capiva dagli occhi lo stupore che provava a sentire di nuovo la terra sotto i piedi, poi c'era una giovane donna reduce da un breve coma farmacologico, lei faceva quasi sempre gli esercizi da sola e poi Sandro e Giorgia due ragazzi finiti sulla sedia a rotelle a causa di incidenti con la moto, il signor Giuseppe un ex infartuato così grosso che ci volevano due fisioterapisti per muoverlo e due donne uscite da un ictus, Maddalena era sempre sola nessuno veniva mai a trovarla, piangeva spesso, l'altra invece era una donna bellissima giovane con due occhi verdi luminosi e vitali, i segni arroganti della malattia non erano riusciti a deturpare ma neanche a scalfire il suo viso bellissimo dai lineamenti regolari e sottili, Lena non era mai sola suo marito non la lasciava mai, mai, la spingeva sulla sedia a rotelle scherzava e le parlava continuamente l'accarezzava la baciava sul viso la coccolava la portava a prendere i raggi del sole primaverile nel parco dell'ospedale per farle abbronzare il viso per restituirle i piccoli piaceri di cui non voleva rimanesse priva.

Il signor Giacomo quella mattina non si era presentato, come mai? «C'ha la diarrea!» aveva bisbigliato, ma neanche tanto, la vecchina al fisioterapista; Elide sapeva sempre tutto di tutti.

Mancava anche quel ragazzo straniero uscito dal coma dopo un gravissimo incidente in macchina, non parlava una parola di italiano, suo fratello più piccolo si era trasferito in Italia per seguirlo, dava ascolto solo a lui, era lui che gli stava dando la forza di tornare, di provare e provare, di riuscire a camminare.

Alle dieci in punto si spalancò la porta della palestra, vennero aperte tutte e due le ante, bisognava far entrare un macchinario delicato e piuttosto ingombrante una specie di gru in cima alla quale vennero agganciate delle corde che sostenevano gli angoli di un grosso lenzuolo su cui giaceva un paziente; una volta dentro la stanza il braccio della gru si mosse sollevando in alto il paziente dentro il lenzuolo, sembrava il becco di una cicogna che trasportava il suo grosso fagotto raggomitolato dentro una specie di amaca, lentissimamente il braccio venne abbassato e piano piano il fagotto fu fatto calare fino all'altezza dei materassini che erano stati predisposti a terra per il paziente che non poteva essere maneggiato. Mano a mano che il braccio scendeva si allentavano le corde e quando alla fine il telo si allargò e si intravide la persona che era stata trasportata, si poté assistere alla presentazione di una bruttezza, di un orrore e di una melanconia che avrebbero potuto dirsi regali.

Un mucchio di ossa senza geometria disposte a caso un corpo senza capo né coda, non avevano potuto ingessarlo, la testa era quasi del tutto calva pochi radi capelli fragilissimi e grigi scoprivano una nuca bianchissima, gli occhi storti non seguivano più alcuna direzione lo sguardo era svanito, svanita l'espressione del volto tutto tumefatto le guance erano gonfie dall'edema, i farmaci facevano la loro parte, non si riusciva a intravedere più come fosse stata prima, il suo aspetto non presentava quasi nulla di umano come in certi quadri in cui le geometrie del corpo e del volto scomposti ricostruiscono mappe asimmetriche e disordinate, incomprensibili, nei quali non riusciamo a distinguere i tratti del volto se non fosse che un occhio da qualche parte ci guida nello scabroso labirinto di quella umana devastazione.

Quel corpo in frantumi che ispirava una pena, una specie di sublime reverenza tanto la devastazione aveva potuto accanirsi, era di Maria era Maria.

Maria non era morta, non le era riuscito neanche di

morire si era rotta si era spezzata spaccata dappertutto, certe ossa le avevano tranciato le arterie, all'ospedale l'avevano rianimata, era rimasta in coma per due stagioni, si era svegliata ridotta così, così era condannata a vivere. Era proprio una sciagura.

Il babbo l'aveva assistita sempre le aveva fatto ascoltare la musica classica, in rianimazione le aveva parlato, quando si era svegliata lei aveva cominciato a strillare dai dolori e poi aveva continuato, urlava, urlava che era uno strazio sentirla, allora il babbo si faceva aiutare per metterla su una sedia a rotelle e la portava a spasso lungo il corridoio col pavimento di linoleum, fino in fondo, dove c'era la statua della Madonnina con il bambinello in braccio e con la coroncina di luci in testa a forma di stelle. «Maria, Maria guarda» le diceva ma Maria pareva non sentisse, rimaneva col capo chino, il collo piegato che toccava il petto, cadeva giù senza sostegno e la testa ciondolava come quella di una bambola rotta; allora tornavano indietro e il babbo cantilenava sottovoce la nenia di quando era piccola «Dopo cento anni e cento mesi l'acqua torna ai suoi paesi».

«Come sta?» chiedeva ogni giorno appena arrivava.

«Piange ha pianto tutta la notte» diceva l'infermiera «sono i dolori.»

«Maria sono il babbo guarda che ti ho portato sei contenta?» le aveva messo in braccio la sua bambola preferita, una bambola di coccio mezza sbilenca e senza un occhio, quella era scivolata sulle gambe di Maria che aveva continuato a piangere.

Più che un pianto era un lamento una specie di ululato tragico e disperato un urlo continuo senza sosta giorno e notte, un lamento rabbioso atonale disumano; la notte nessuno riusciva a dormire si lagnavano tutte, le infermiere non ci facevano più caso, una notte l'avevano trascinata a dormire in fondo al corridoio sulla sedia a rotelle, ma si erano lamentate lo stesso le pazienti delle camere in fondo, non era servito a nulla. Quella stessa notte dalla stanza dove era ricoverata Maria erano uscite delle grida infernali pareva che stessero squartando qualcuna che la stessero strozzando; di colpo si erano messi a suonare tutti i campanelli si era diffuso il panico nelle camere, era stato chiamato il medico di guardia, la donna, compagna di stanza di Maria, strillava come una forsennata e non riusciva a spiegarsi, poi tossiva e strillava prendeva fiato con un sibilo che pareva soffocasse, soffocava! che è? che succede? La Maria in fondo al corridoio era rimasta inerte non si era accorta di nulla, con il collo piegato e la testa ciondoloni sulle ginocchia.

Solo all'alba l'avevano riportata in camera, alla sua vicina di letto si era spezzata la dentiera in bocca nel sonno e ne aveva inghiottito un pezzo, si era visto bene nella radiografia, molari e premolari superiori con tanto di palato artificiale incastrati nelle pareti dell'esofago, per fortuna erano riusciti a estrarli.

Maria non rispondeva a nessuno stimolo, girava gli occhi ma non si riusciva a capire dove guardasse, apriva appena le labbra quando il babbo le imboccava la minestra ma non sempre, non tutte le volte, non si capiva se era perché non voleva mangiare oppure non azzeccava l'automatismo; «Che c'è Maria sono il babbo mi riconosci? Maria!» lei rimaneva immobile lo sguardo di un rettile, lontana da tutto lontana da sé.

Avevano preso a farle fare la fisioterapia tutte le mattine e sempre con la stessa terapista, Lucia; ogni mattina quella specie di cicogna d'acciaio la portava e la sdraiava sul materassino poi Lucia cominciava piano piano a sfiorarla, Maria urlava qualsiasi manovra le venisse praticata anche solo una carezza, iniziava a piangere ma Lucia andava avanti a parlarle e a sfiorarla; cantava. Certi giorni poi dentro la palestra c'era la radio accesa e quelle note graziose romantiche o dance sparate a basso volume in quel girone dolente dove ognuno stava cercando di resuscitare intrappolato dentro l'armatura della paralisi, imbruttito dagli oltraggi della malattia, alienato dal coma, dentro una specie di acquario assonnato, dove tutti si muovevano come se si sforzassero di camminare sulla luna senza capire perché, quelle canzoncine leggere dunque, conferivano all'ambiente un tratto ridicolo quasi caricaturale.

«Come sta?»

«Come ieri» nulla di nuovo nessun cambiamento nessun segno.

Se rimanesse sempre così, aveva pensato il suo babbo anzi c'aveva il pensiero fisso lui, come si sarebbe fatto? e poi lui doveva morire si sapeva, chi c'avrebbe pensato a Maria? Suo marito non si era più fatto né vedere né sentire. Oddio Maria che hai fatto? non poteva esserci un peggio, peggio di quella agonia sorvegliata, di quella vita mimata da chi le girava intorno, di quella condanna a vivere e in quel modo, come un vegetale che soffre e non sa spiegarsi non sa cosa succede. Bellissima Maria potessimo raggiungerti!

La mitica Lucia sì, invece lei era capace di rintracciare anche nei pazienti più gravi una via d'accesso forse perché li toccava, li conosceva da sempre forse perché in qualche modo le erano simpatici, non aveva paura di quella loro specie di vacanza dalla lucidità e dalla appropriatezza, non temeva la fissità di quella incoscienza che li rendeva per qualcuno simili a morti viventi, lei sentiva ogni vibrazione ogni esito che la vita, che è sempre la stessa, produceva in ognuno di loro. Li aiutava appassionatamente nei loro tentativi ridicoli e sgraziati di aprire una mano pronunciare una parola o sorridere per una puzzolente perdita d'aria dal sedere.

Lei conosceva quelle facce storte e mezze paralizzate quegli occhi strabici e in disaccordo tra loro, erano le facce dei sopravvissuti sfuggiti all'appuntamento fatale, anche per questo forse così spaventati così sbalorditi; in qualcuno di essi la visita della Signora aveva lasciato uno sfregio, il marchio dell'avvertimento, una deformità piccola o grande con cui i reduci si presentavano incolpevoli alla mensa della vita per ottenere una seconda possibilità, un'altra possibile occasione.

Lucia li coccolava se li baciava li teneva fra le braccia li faceva sentire riconosciuti vivi bene accolti anche se arrivavano laggiù come zombie calati dalla gru.

Maria le piaceva moltissimo e poi con lei era stato facile riuscire a comunicare, solo con Lucia Maria smetteva di piangere, almeno si calmava, Lucia sapeva dove toccarla come muoverla senza farle male senza farla soffrire, sapeva come giocare; a Maria negli ultimi tempi era cresciuta sulla fronte una frangetta di capelli scuri, solo lì davanti e quando Lucia la pettinava Maria assumeva un'aria così buffa, quella frangia para para e robusta in modo anomalo rispetto alla peluria della nuca, dava alla sua faccia un aspetto grottesco e un tantino comico.

«Bella sei!» Lucia rideva e Maria in risposta lanciava una specie di grugnito; aveva recuperato alcuni suoni per esprimersi, quando veniva accesa la radio mostrava la sua approvazione con un «ahahah» prolungato e poi sollevava con uno spasmo le braccia rigide con i pugni chiusi come quelli di una bambina; Lucia allora cominciava a cantare e intanto le massaggiava piano i piedi e la chiamava, senza risultato perché dopo qualche breve istante l'attenzione di Maria cadeva e lei sembrava essere ritornata da qualche altra parte dove viveva dove si era messa a soffrire, era andata altrove dove non si poteva raggiungere. Non piangere Maria.

Quel giorno il babbo non era venuto; non sarebbe venuto mai più. Maria aveva pianto aveva urlato tutta la notte uno strazio di lamento e quel suo lamento trascinava a galla l'eco della sua profonda angoscia, come una rete da pesca i pesci dal fondale; le faceva male dappertutto le faceva male vivere in quello stato, forse le faceva male vivere; da qualche giorno avevano cominciato a somministrarle piccole dosi di morfina senza grossi risultati.

La domenica era il giorno più brutto, niente medici, il cambio del letto, la routine delle visite e degli esami si interrompeva, il via vai si riduceva al minimo, in tutto il giorno Maria era stata lavata nelle parti intime, subito dopo però si era sporcata di nuovo il pannolone e così le infermiere avevano dovuto ripulirla, la donna ricoverata in stanza con lei (non era più quella della dentiera) suonava il campanello anche per Maria, aveva sentito una gran puzza e così aveva chiamato.

Ecco la domenica non aveva riservato altre sorprese non era successo nient'altro fino al giorno dopo.

«Maria c'è qualcuno che è venuto a trovarti» le avevano detto, Maria aveva girato gli occhi in direzione della voce e poi aveva gonfiato le guance ed era esplosa in un «bbba!» e poi lo aveva ripetuto «bbba... bbba... bbba...» no non era il babbo erano i suoi vicini di casa, l'infermiera asciugò con le garze la saliva che le colava dagli angoli della bocca, in quello erano entrati il dottore e la dottoressa col cognome spagnolo. Conoscevano Maria sin da bambina, si erano dati da fare per rintracciarla e ora, dopo averla salutata si disposero ognuno a un lato del letto; Maria aveva ricominciato a lagnarsi, i due coniugi neuropsichiatri si erano scambiati uno sguardo d'intesa che somigliava piuttosto a un consulto, avevano parlato con Maria le avevano fatto domande l'avevano toccata; una visita nel vero senso della parola si rivelò, persino le domande erano state piuttosto dei test, non che non fossero affezionati alla Maria, anzi! era la deformazione professionale a traviarli.

Così non potendo ottenere la cartella clinica da consultare i due coniugi conclusero che Maria non se la passava bene per niente e che senz'altro era meglio non dirle nulla del padre.

«Ecco la principessa!» Mentre il braccio della gru si abbassava Lucia col suo sorriso materno che irradiava un bel viso in carne, aspettava a braccia aperte Maria, anche stavolta la accolse col solito buonumore.

«Oggi non mi saluti? Che c'è sei arrabbiata? Adesso ci rilassiamo piano piano...»

Maria piangeva piangeva senza sosta, tutta la notte aveva pianto, non si poteva più sentire, perché di certo in ognuno che l'ascoltava, quel pianto evocava accordi lugubri e disperati di sé, risuonava con le note della tristezza e della sofferenza di ciascuno, pareva una nenia funeraria, parevano urla tragiche di un prigioniero abbandonato nelle segrete gelide di un castello di fantasmi, rinchiuso vivo dentro una specie di sepolcro ripugnante che nessuna mano verrà a sollevare.

Quella mattina la palestra era affollata; della vecchia comunità solo il signor Giuseppe se n'era andato, la bellissima signora dagli occhi verdi sarebbe uscita da lì qualche ora più tardi, aveva fatto progressi; erano arrivate altre due donne, tutte e due uscite dal coma; Sara era stata picchiata e sbattuta giù per le scale da suo marito e poi c'era Aurora una bellissima ragazza probabilmente non nuova al ricovero, poiché tutti le parlavano come se fosse di casa.

La sala abbastanza spaziosa con il pavimento di linoleum azzurro e i materassini di qualche tonalità più scura, sembrava un modesto stabilimento balneare aperto in bassa stagione; la primavera stava declinando, faceva già caldo, tutte le finestre erano aperte, raggi di sole obliqui scintillavano sull'acciaio delle sedie a rotelle. Nel brusio comune si distinguevano appena le voci dei terapisti che impartivano indicazioni e rinforzavano i faticosi tentativi, gli sforzi inutili all'apparenza.

Non era giornata! Maria continuava a lamentarsi, Lucia la teneva tra le braccia e la cullava, «Che hai Maria dove ti fa male?» Maria pareva si sforzasse di rispondere.

«Dillo a Lucia perché piangi Mari'?»

Maria emetteva dei suoni, con uno sforzo immane provò ad articolare «oh... ohi... ae... mo... moe...».

«Che dici Maria dimmelo all'orecchio perché piangi.»

La faccia di Maria con la frangetta spettinata si appiccicò a quella di Lucia che al contatto con le guance di lei sentì di affondare su una pelle molle e flaccida come gelatina; confusi in mezzo ai rantolii si distinsero dei suoni «oh... oia... ahe... oe... m... oe!... oh... oia... ahe... oe... m... oe!».

Lucia allontanò delicatamente da sé Maria e la guardò con una espressione di allegria amara negli occhi «Hai voglia di fare l'amore Mari'? hai voglia di fare l'amore?».

Maria riprese a lamentarsi; Lucia si guardò intorno si erano fermati tutti, tutti guardavano dalla sua parte, ci fu qualche istante di sospensione di sbalordimento;

dunque Maria capiva, si accorgeva di tutto Maria, non piangeva solo perché sentiva dolore, piangeva perché in qualche modo sapeva di sé, cosa le era accaduto, dentro quel corpo straziato e inverosimile una qualche coscienza la faceva consapevole di quell'obbrobrio di come era diventata. Certo che sentiva!

Certe volte a Lucia pareva di scorgere lo spirito di Maria svolazzare a piedi scalzi al di qua e al di là di una frontiera proibita dove solo pochi possono inoltrarsi, Maria sì, lei aveva accesso al suo emisfero oscuro lei viveva in una specie di ubiquità, in un regno scompaginato e senza mappe e senza logica dove emozioni primitive e pure disegnavano una geografia sensibile e anarchica senza indicazioni che scoraggiava chiunque ad esplorarla.

Aveva voglia di fare l'amore; una richiesta che poteva risultare quasi lurida in bocca a quello sgorbio deforme a cui ragionevolmente non si sarebbe potuto affiancare nessun essere umano, solo il pensiero faceva raccapricciare creava imbarazzo; non per Lucia che oltre la crosta delle apparenze indegne riusciva a sentire i bisbiglii di quella creatura, la potenza inerme di quel groviglio di oro e di stracci in cui si dipanava quello che rimaneva della sua fragile vita.

Trascorso un tempo che parve infinito Lucia acciuffò le redini di quel silenzio interdetto prese tra le mani la testa di Maria, «Certo che hai voglia di fare l'amore, sei giovane Maria! Oggi quando viene tuo marito glielo diciamo va bene?» poi scambiò uno sguardo d'intesa con le colleghe che intuirono immediatamente, cominciarono a sparpagliarsi e a darsi da fare, il brusio riprese un po' più frenetico.

«Facciamo una bella festa signori?» Lucia aveva parlato con una voce piena convincente che non fece apparire assurda, per niente forzata quella esclamazione, lì dentro quella sala.

Le terapiste tornarono, avevano in mano piccoli astucci carichi di oggetti per il trucco, pezzi di matite, rossetti accessori di vario genere, anche i terapisti si dettero da fare, in breve si misero a truccare le pazienti, furono trovati cappellini per i ragazzi, collane sciarpe fiocchi e fermagli.

Nonna Elide si lasciò fare anche se non aveva capito cosa dovesse accadere; le dipinsero certe palpebre verdi, l'ombretto l'aveva scelto lei, voleva anche le unghie rosse e pure il rossetto; Maria mostrava due guance rosse di fard che pareva un clown, Lucia le aveva legato un fiocco dietro la frangia, c'era un'aria elettrica, i pazienti che non parlavano si sforzavano di battere le mani; avevano truccato anche il principe a cui erano cresciuti i capelli, li aveva biondi neanche a dirlo, così truccato era bellissimo, un pochino a rischio trans, ma lui pareva divertito; si era lasciata truccare anche Sara, con lei però avevano un po' esagerato, con il viso tumefatto e l'occhio ancora nero, poteva sembrare una prostituta dentro il set di un film di Fellini; forse erano i pigiami a rendere grottesco tutto quel bailamme, forse l'espressione delle facce dei pazienti, avulse e parecchio perplesse, quel clima inusitato di festa baracona dove tutti, liberati dalle mani dei truccatori, cominciavano ad aggirarsi sulle sedie a rotelle; attaccata al corrimano del tapis roulant Elide non si muoveva, le avevano accroccato un piccolo boa di struzzo uscito da chissà dove, il rossetto che non aveva trovato labbra dove stendersi si stava distribuendo con il calore sui solchi delle rughe grinzose del contorno delle labbra; Elide rideva, rideva con i pochi denti anche quelli sporchi di rossetto, trastullandosi con il boa, aveva preso sul serio la faccenda, così conciata pareva una vecchia tenutaria di bordello alla fine di una prospera serata.

Un giovane infermiere coraggioso appese ad una parete un vecchio festone tutto colorato che portava la scritta "Buon Natale", a quel punto venne attaccata anche la stella cometa perché luccicava ancora, e poi faceva aria di festa; furono spostati gli attrezzi per liberare spazio, a questo punto il frastuono era alto, le fisioterapiste si guardavano intorno e ridevano, Lucia urlò di provvedere alla musica, aveva terminato di truccare Maria, le aveva messo anche il rossetto rosa, a lei però dava fastidio, si strusciava le labbra con il pugno, se le sfregava in continuazione, così aveva già il viso tutto imbrattato e appiccicoso; Lucia rideva, qualcuno finalmente accese la radio, trasmettevano operetta, risuonavano nella sala le note di un valzer, «Ahahah!» fece Maria e tutto il suo corpo ebbe uno spasmo, qualcuno si mise a ballare come poteva, risuonò un applauso timido, Aurora che mostrava di possedere una certa dimestichezza, si mise a volteggiare per la stanza sulla sedia a rotelle; in quello, la porta si aprì e la bellissima signora dagli occhi verdi entrò col marito per salutare, portando con sé vassoi di dolci pizza e bevande e stelle filanti; ci fu un boato, ora la festa era completa, infermieri e terapisti si diedero da fare a distribuire imboccare offrire da bere, sembravano tutti storditi ubriachi dimentichi. Maria aveva smesso di piangere, ascoltava la musica, un tempo lei le era andata incontro ora era la musica che si spalmava sul suo corpo come luce, come acqua come tepore come carezza, come onda la musica trascinava emozioni infinite, fu come se in quel momento si trovasse contemporaneamente in tutti i posti in cui era stata nella sua vita, non erano ricordi erano memorie sensibili erano orme emotive che non serve intelligenza per decifrare; insieme si presentarono come uno sciame i mille e mille attimi di sé, istanti che avevano impresso un'orma così intensa e immateriale nelle sue emozioni, da diventare immortali.

C'era una confusione adesso, Sara si era messa a ballare appoggiandosi a una specie di girello utilizzato per la riabilitazione; Maria si sforzò di dire qualcosa ma non seppe cosa, la musica le piaceva, faceva caldo, adesso la stanza sembrava oscillare oppure era che navigava sul fiume? quanti uccelli sull'albero delle mimose cadevano uno ad uno a terra sopra le foglie secche, chi strillava così? urla, urla senza consolazione la bambola ha perduto un occhio ancora la notte – fa male, male – un cuore meno facile, a che serve la notte? chi era che le veniva incontro? qualcuno era entrato, continuava a venire gente babbo! era tornato il babbo le carezze ruvide, sei la mia vita. Ora nell'aria si spandevano le note di una danza popolare, era piacevole era tutto buono stava bene Maria era come se fosse salita a piani superiori, senza sforzo era tornata sulla cordigliera, ma così in alto, in una terra estrema finalmente che aveva sempre cercato, uno spazio assoluto, un quando assoluto facilissimo e senza vincoli, non felice non infelice senza bisogno di distinguere senza paura di esserlo che bella festa! Stava così bene Maria, forse anche per merito della morfina, nessun dolore nessuna pena, non ha importanza aveva detto la mamma, anche lei era entrata da quella porta, sfilavano una dopo l'altra le presenze note alla sua vita tutta la combriccola umana disperatamente affaccendata a trovare la felicità come unica forza di gravità capace di tenerci attaccati alla vita; eppure non si è mai felici come si crede. Ora nella stanza ci saranno state più di cinquanta persone, quelle in piedi lanciavano stelle filanti, i pazienti ci soffiavano dentro, Lucia ballava con il medico di guardia che era venuto a dare un'occhiata, fu stappato lo spumante tutti applaudirono, due signore appena entrate a braccetto chiesero frastornate di Maria, credendo di aver sbagliato a seguire le indicazioni; qualcuno indicò loro quella laggiù col fiocco; in quel momento Maria era accasciata sulla sedia, aveva tutto il viso imbrattato e il fiocco crollato su un orecchio.

«Ti ricordi di noi Maria? Sono Zelda, lei è Else!» presero ad accarezzarla con delicatezza le tolsero il rossetto dalla faccia, parlavano parlavano, Zelda le aveva portato in regalo un cestino di mele gaetanella per profumare la biancheria; parlavano raccontavano si compiacquero della baldoria che ormai si consumava sopra sguardi pigri e addormentati; Maria non capiva nulla solo che era qualcosa di buono, che si aggiungeva a quella personale festa così distante dal luogo dove erano andate a trovarla le due donne.

Santo cielo! Guardata da lì, in qualche modo, la nostalgica ricerca della felicità perduta che aveva spinto la signorina Else fino a quel pianerottolo al quinto piano, aveva assunto colori fiabeschi era diventata l'eco di una canzone, la poteva rileggere come una novella ricopiata in pergamena e oro, osservarla come avrebbe guardato un vecchio quadro di squisita fattura.

Nel rimpiangere la felicità come anche nell'aspirarvi c'è sempre una sopravvalutazione.

Maria cominciava a essere stanca, sudava, Else e Zelda le avevano promesso che sarebbero tornate, avevano faticato a lasciarla, seguitavano a girarsi e a salutarla mentre si avviavano all'uscita, lanciavano baci e sorrisi che si perdevano nella distanza. Tutti erano visibilmente stanchi, i parenti e gli ospiti cominciavano a salutare; Maria era rimasta da sola.

Ora la radio trasmetteva musica classica, Maria teneva gli occhi chiusi mentre il chiasso via via si smorzava; in quel momento se avesse potuto mettere insieme la breve declinazione della sua vita, avrebbe concluso che da quando era nata il tratto distintivo della sua esistenza era stata la Morte, la sua potente presenza, ma ogni volta che vi era ricorsa, lei l'aveva respinta, non c'era partita, anche ora stava giocando con lei e da un momento all'altro poteva stringere la presa. Non aveva importanza.

Erano davvero le note della *Morte del Cigno* quelle

che aleggiavano? Che pace Maria! La musica scivolava sulla pelle come il cigno sopra il lago di ghiaccio, la stanza cominciò a girare piano, proprio nulla di quello che si muoveva intorno esisteva, solo una sensazione priva di corpo e di peso, la percezione certa che niente e nessuno avrebbe potuto farle del male, una sorta di onnipotenza disarmata uno stato di grazia affidato alle mani di un Dio, nessuna paura nessun tedio nessun dolore Maria, nessuna mancanza bisogno nessuna menzogna nessun male nessun contrasto che pace! Solo brusio intorno adesso, a terra i resti di una farsa somministrata e ben riuscita.

Faceva molto caldo, il sole allo zenit scaldava le ossa sotto le camicie da notte sudate, un capo del festone si era scollato dal muro, così sbrodolava lungo la parete con tutto il Natale, un infermiere del reparto si mise alla guida di un'ultima carrozzina con su il paziente che dormiva, mentre a passo lento la spingeva verso l'uscita con un piede dette un calcio a un residuo di pizzetta, quella prese il volo sul linoleum liscio e andò a cacciarsi sotto il tapis roulant deserto; era proprio la fine, la musica si stava avviando verso gli ultimi accordi, il cigno perdeva le ali eppure diventava leggerissimo, leggerissimo, tutto intorno diveniva rarefatto si poteva sentire soltanto il suono del violino che pareva tenere in bilico su una corda l'ultima nota del canto.

In fondo alla stanza eccola là Maria chiusa in quel mondo a parte che è la malattia estrema, immobile e ricurva sembrava in bilico sull'ultima nota che il violino faceva vibrare e tratteneva ancora sospesa fino allo stremo, così triste e così terribilmente bella; eccola là Maria sfigurata malata sfatta eppure eterna.

Si sarebbe detto fosse lei la corda che vibrava ancora e ancora nel silenzio, un canto esile e purissimo, sottile etereo e lontanissimo che somigliava all'eco del vento sulla cordigliera, dell'urlo di lei e dell'ultimo respiro di sua madre, l'eco delle risate delle cornacchie, del suono dolcissimo e soave della celesta e di tutti i cori, dei canti inascoltati e silenti involati dentro il fruscio delle ombre che aspettano e che resistono ancora, l'invocazione dei reclusi dentro armature e sepolcri che nessuna mano verrà a consolare, povere eterne creature credute morte e ignorate messe a tacere perché non disturbino la felicità degli spettatori non distraggano dal vivere e poi quale vivere?

Si sollevava quel canto, attraversava il deserto insonne oltre agli oceani delle balene oltre quell'orizzonte desolato e senza fiori che non scrutava più, dal fondo del fiume emergeva fino alle foci della grande madre Terra e poi sopra gli alberi di ippocastano in fiore sopra i platani sonori di nidi stracolmi di figliolanza e dentro le gole dei passeri che zirlavano al vento e poi più in alto fino all'immenso prato delle nuvole bianche altissime e così belle. Eccole le aveva raggiunte le nuvole senza il suo binocolo, era arrivata alla meta dopo quante vite, galleggiava dentro il suo sogno assoluto e si sentiva leggerissima leggerissima, tutt'intorno si era diffuso un incantevole profumo di teneri lillà e quel canto, il canto come un filo sottile ed eterno aveva cucito insieme i rintocchi delle campane di Else, il garganellare delle raganelle del suo stagno, al canto muto della farfalla che Zelda aveva salvato dal gelo delle stanze della sua casa, come un filo invisibile legava le perle della collana dei giorni memorabili della vita di ognuno, della vita della Terra, era il canto degli infiniti universi terrestri e divini e di tutti i compositori immortali che avevano scritto il proprio canto nella contemplazione delle loro armonie; ora si innalzava come un coro lirico di voci, disegnava una chiave di violino nell'acqua, proprio nell'istante in cui il cigno reclinava il capo sull'ultima nota del suo addio; aveva cessato di cantare il cigno, eppure la sua nota seguitava a vibrare oramai insieme alla melodia e alle armonie del canto dell'Universo intero, dell'Universo intero.

L'aveva sentito, splendido celestiale terreno uguale a nessun altro canto, aveva sentito risuonare l'eco del suo passo sacro, nel frammento irripetibile di un attimo inventato, inaspettatamente incastonato in uno spazio non visibile lì in mezzo, tra la Vita e il buio del grande Nulla, come un tempo dentro il tempo, esisteva, esisteva lei non l'aveva mai creduto, tuttavia c'era stato, quell'istante unico perfetto e impenetrabile da cui ha origine il mistero, non sarebbe stata in grado di spiegare come, non aveva più importanza, eppure lei, davvero lei vi aveva preso parte.

Non era la felicità, era molto di più, era estasi.

FINE

Finito di stampare nell'agosto 2016 presso
Elcograf S.p.A. - stabilimento di Cles (TN)
Printed in Italy

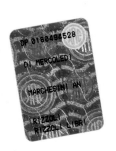

DP 0180494528

DI MERCOLEDI

MARCHESINI AN

RIZZOLI
RIZZOLI LIBRI

Rizzoli
L I B R I

ISBN 978-88-17-06314-2